さよならですべて歌える

橋爪駿輝

集英社文庫

さよならですべて歌える

そらだった。茜色の、「空」。

夜になりきれない日暮れの彼方。平板な月が浮かんでいる。アスファルトから立ちのぼった埃の粒はゆったり旋回しながら、宙にきらめく。

そのなかで僕は転がっていた。瞼を閉じて、もう一度開いてみても、景色は同じ。当然、僕も変わらない。赤と緑、それに若干の黄色い斑点が視界で点滅し、美しい。

電車に揺られて聴いた歌。

キスもできなかった、あの子のことを考えながら聴いた歌。

あんな歌を。曲を。果たして僕はつくることができただろうか。光のようだったあの人に、僕は、僕の音楽を届けられただろうか。

果てない理想と現実の線上で、他人の声はいつまでも鳴り止まない。あの日吸っていたはずの煙草の先は、めりめりと燃えながら消えてしまった。それらいつかの景色たちがいまとゆっくり混ざっていく。

1

満月だった。

三百六十度のほとんど、山々に囲まれた町はとっくに寝静まっていた。

草いきれにうんざりする。舗装の禿げた道端に落ちていた木の枝を拾った。その枝は、小学一年生になったばかりの僕の背丈よりも、顔ひとつ分長かった。

真ん中あたりに見当をつけ、膝にぶつける。

二つになった枝をそれぞれ握ってみて、掌にフィットするほうを選んだ。もう片方は水の涸れた側溝に投げた。音に驚いたのだろう。雑木林で猫かなにかの気配がうごいた。

月と星の光だけで歩く。澄んでいるはずの空気が、むしろ直接的に倦んだ熱を僕に伝えてくる。鳥の声が聞こえた。枝をぶんぶんふりまわして熱を裂く。汗が背中をじっとりと濡らす。どこにむかっているでもなかった。家にいたくなくて、十数時間まえ見たはずの、昼間の景色に沿って足を踏みだす。

ただ遠くにいきたい。

家じゃなければどこでもよかった。だが、子どもの足でいける範囲は限られている。それを子どもながらわかっていて歩いている自分がずるく、卑しい存在に感じる。お母さんは、まだお父さんに殴られているだろうか。

お父さんはよく、お母さんのことを打った。

そして僕のことは絶対に殴らなかった。

きっかけはいつも些細なことだ。さっきだって、夕飯の支度でお母さんが並べた箸が、いつもお父さんのつかっている箸ではなかったことが引き金だった。だんっ！　と肉づきの悪い、お母さんよりも細い腕で食卓を叩く。はじまると、明確に感じた。スクリーンのむこうからゴジラでも襲来するように、頭のなかで音のない警報が鳴り響く。つま先に力がはいる。

お母さんが鯖の煮つけをよそった皿を持ったまま固まった。お父さんは椅子から立ち上がると、無言でお母さんに近づいていく。

お父さんの足が床に降ろされるたび、築何十年かもわからない団地の我が家は軋んだ。すりガラスの食器棚のなかで皿やコップが震え、こすれ合って鳴った。これからはじまる暴力を囃し立てるみたいに。

お父さんが腕をふり上げた瞬間、お母さんは持っていた皿をさっと台所の電子レンジの上に置いた。皿から指が離れるのにすこし遅れて、お母さんの頭にぶつかる拳。鈍い音がお母さんの悲鳴にかき消される。乱れた髪をわしづかみにすると、もう片方の手がお母さんの頬を引っ叩く。

瞼をくしゃっと閉じて、お母さんは「やめてぇっ」と叫んだ。床から剥がれたお父さんの右足裏に、長ひょろい毛が一本くっついていた。

僕はそれを、テレビゲームのコントローラーをにぎって見ていた。施設にはいっている認知症の祖父と、白髪だらけの祖母。そしてお父さんと僕の四人で近郊にある巨大なショッピングセンターをまわったときに買ってもらった中古のゲームソフト。

その帰りに寄ったファミレスで、僕はコーヒーを啜るお父さんにたずねた。

「お父さん、なんでいまは優しいの？」

祖母が、一人でうまく食べることのできない祖父の口元へと、スプーンですくった雑炊を運んでいた。祖父はぬちゃぬちゃと、なにもない一点を見つめながら咀嚼する。口の端からぼたぼた涎を垂らしながら。

「お父さんはなんでいまは優しいのに、家でお母さんのこと殴るの？」

二度たずねて、やっとお父さんは湯気の立たなくなったコーヒーをテーブルに置いた。ゆっくりと僕を見据える。

その目は、優しいお父さんの目じゃなく、お母さんを殴るときの目になっていた。視線を逸(そ)らさないよう、僕は踏ん張る。

「今度お母さんのこと殴ったら、警察呼ぶよ」

いつの間にか祖母は泣きはじめていた。僕は、ごめん、とことわって、お父さんに「もう殴らないって約束してよ」といった。自分はお父さんに殴られない。そうわかっていても、声は震えていたはずだ。

わかったとも嫌だともいわず、ただお父さんは「帰るぞ」といって、席を立った。祖母は僕に、ごめんねぇ、ごめんねぇ、とくり返し謝ったが、謝ればお母さんを殴っていいわけじゃない。泣き崩れる祖母を尻目に、祖父はずっとぬちゃぬちゃ口をうごかしていた。

次にお父さんがお母さんを殴ったら、必ず警察を呼ぼうと決めた。はずだったのに。いざ目のまえで暴力がはじまると、どうしていいかわからなかった。持っていたコントローラーを放り投げ、僕は外に飛びだしていた。

警察を呼んだらお父さんが捕まる。

土壇場になってそれがこわくなった。だってお父さんは、少なくとも僕に対しては優しいお父さんだったから。結局、僕はお父さんとお母さん、どちらの側にもつけなかった。だから逃げた。

冬のスキーシーズン以外、うら寂れたこの町から抜けだして、だれもしらない場所へと逃げたかった。

それが叶わないなら消えてしまいたい。

そういえばたしか明日、お父さんが今年からはじまるという「フェス」に連れていくといってたのを思い出した。でも、どうなるかわからない。よくお父さんはそういう気前のいい嘘を平気でついたし、僕は僕で「フェス」というものがそもそもなにかしらない。それよりお父さんがたまに買ってくる雑誌に載った女の水着姿のほうがよっぽど興味ある。

枝をトントンと、二回道の表面にぶつける。

いつか折れることを期待している。引きずって歩いたせいで、枝の先は削れて丸くなっている。夜でもけたたましいアブラ蟬の鳴き声に耳がどうにかなりそうだ。もう、かなりの時間歩いたはずだった。

風が吹く。黒々と聳える木の壁が、どっとそよぐ。

身体ごと吹き飛ばされそうになった。無意識にぐっと足を踏ん張っているのが嫌になる。本当にどこか遠くにいきたいのなら、なされるがまま、力を抜けばいい。あとは飛んでいくだけだ。

月光を、たゆたう雲がさえぎった。おとずれた濃い闇と引き換えに、ずっと先のほうで灯りを見つけた。

重たい足どりで近づいていくと、清津川というこの町を流れる川の橋のたもとだった。ということは、家から一時間ほど歩いてきたことになる。体内で、不安が目を醒ます。持っていた枝をすがるようににぎりしめた。ささくれた枝の表面が、掌に刺さる。

自分の背より高い欄干の隙間から川面を見下ろした。ちょうど、いち羽の水鳥が飛び立とうとしているのが見えた。本来何色なのかもわからない翼をばたつかせ、ずんぐりした身体がふわっと浮き上がる。川面にできた、いくつものいびつな波紋が水流にぶつかり月光を乱反射させる。クエッ、と変な声をひとつあげて、水鳥は夜空に舞ってあっという間にどこかへいってしまった。

それだけの光景が、虚しく胸に打ち寄せた。波紋をかき消す川の流れに吸い込まれそうになる。

急に寂しさがこみ上げてきた。勝手に耳が澄んでくる。

ゆらめく流れの筋を眺めていると、どこからか心地のいい音色が聴こえてきた。蟬や鈴虫、木々の葉がこすれ合う音に混ざって、身体の芯がほぐれるような、はじめて聴くのに懐かしいようなメロディが、風に溶けて流れてくる。

その音色に誘われ、僕は橋をわたりきった。逡巡しながらも土手から河原に降りていく。

サンダルの裏が雑草のクッションを踏みしめるたび、昆虫や蛙が悲鳴をあげるような気がした。ゆっくりゆっくり降りていくと、たぱたぱと岩に砕けて、またなにごともなかったように流れる水の音が迫ってきた。と同時に、あの音色に近づいている。

サンダルの感触は雑草から、すこし湿った、細かくて硬い砂利に移った。その頃には音色の正体がギターによって奏でられていることも、奏でているのが、かすかに雲から漏れた月明かりの逆光でかたどられた人影であることもわかっていた。たまにふわっと揺れるオレンジ色をした一点の輝きが、燃焼する煙草の先だということも。一ヶ月ほどまえまで、この辺は夜になると蛍の光で満ちていたはずだ。

「くまぁ？」

間抜けな声がした。

それは僕の緊張と、ある種の神秘的な感情を一気にくずした。

「いのししぃ？」

男の声だった。

しゃがれていながら、どこか艶めき耳ざわりのいい、癖のある声。

「ひとぉ」

そういうと「なぁんだ」とまた間抜けな声がして、オレンジの点の輝きが消えた。ちょうど雲を抜けた月が完全に姿を現し、一帯を激しく照らした。

男の風体からして、普段は工事現場で気だるく誘導灯でもまわしていそうな印象を受けた。顎には無精髭が散らばっている。彼は川辺の大きな岩にあぐらをかきギターを抱えていた。もし僕が動物だったとして、人間が勝手につけた名前を呼んでもなにか答えるはずないじゃないかと、いまさらに思った。

男は気だるそうな表情で僕のほうを見ると、

「子どもかよ」と吐き捨てた。

あからさまに興味をなくした様子で、ギターを岩に立てかけた。スクール水着ほどの丈の短パンから、一〇〇メートル走れるかも覚束ないような細い足が伸びている。煙草をくわえて、ガキはどっかいけよ、と手をふらふら揺らす。

「聞こえてるよ？」

「聞こえるようにいったんだよ」

その言葉を無視して近づくと、男を見上げた。不思議だった。しらない大人をまえに怯えも恐れも湧いてこない。

「さっきまで熊とかいってビビってたくせに」

「熊だったらだれでもビビんだろ」

「大人のくせして」

「熊にビビんない大人は馬鹿だよ」

男はうんざりしたように、鼻から濃い煙を吐いた。

見ずしらずの大人とこうやって話すのははじめてだ。盆暮れ正月に会う親戚ともうまく話すのは苦手だった。こんなにすらすら言葉がでてくるのは、男の線の細い、飄々とした身体つきのせいもあったかもしれないが、なにより、さっきのギターの音色をもう一度聴きたかったからだと思う。

「ねぇ」

「なんだよ」

欲望が、僕の堰から溢れる。

「さっきの。もう一回弾いてよ」

「あぁ？」

男は両端に下がり気味の、薄い眉をしかめた。

「だからもっかい。さっきの弾いてよ」

「……やだよ」

「弾いてってば」

「田舎のガキって、おまえみたくみんな図々しいの？」

また月が隠れ、空中に立ちのぼった煙草の煙の筋も見えなくなる。ぺちっと膝を叩く音がする。「あぁもう蚊まで図々しいよ。だからこんなとこ来たくなかったんだ」と苛ついた声。

僕はまだ、あの音を諦めたくなかった。

「おじさん、どっから来たの？」

「とーきょー。しってるか？　どうせいったことねぇだろ」

「ないけど、僕のお父さんも、東京にいたことあるもん」

そう。お父さんはお母さんと結婚するまで東京で暮らしていたらしかった。酒に酔うと、セーイチ、と僕の名前を呼んで、「俺はなぁ、本当はいまだって東京にいたはずなんだよ」と天井を見つめることがあった。お父さんが東京で、なにをしていたのか、詳しくしらない。お父さんのいう、「本当は」の意味も。

「ほら……。じゃあ、ガキはさっさとパパがいるお家に帰れよ」

「帰りたくない」

「ガキが家出か。おまえ、いくつ」

「七歳」

そう答えると、男はハハッと短く笑った。

「なんで帰りたくない」

「こわい」

「家に帰るのが?」

こくりとうなずくと、男は、

「俺と一緒だなぁ」ともう一度笑う。

僕は「おじさんも、だれか家で殴られてるの?」とたずねた。だからこんな時間にひとりでギターを弾いてたのだろうか。

男は一瞬深く、透かすように僕を見たが、すぐに目を逸らした。

「あぁ。また連れたちが酔っ払って殴り合ってるかもな」とぼやいて、なにかをイメージするように、遠くの、夜空との境が曖昧な山々の線を眺めた。

「殴ったら痛いから、殴っちゃだめだよね」

そういうと、「ガキのほうが賢いね」と男は僕の頭をくしゃっとかき混ぜる。その言葉の意味は理解できなかったけれど、この人は、どこか僕と似ていると思った。なんだか寂しそうだったから。

「なんでギター弾いてたの？」

「べつに……。そのくらいしかやることねぇし」

自嘲するような乾いた笑いを口元に残して、男がギターを抱え直す。

「ほら。俺も帰るからおまえも帰れ。出血大サービスで弾いてやっから」

吸っていた煙草を指ではじいて、ふうっ、と男は浅く息を吐く。気づけば周囲は鎮まっていた。あるのは川の流れる音だけだった。無意識のうち、肩に力がはいった。ちょっとだけ猫背になって、僕は待った。

「じゃあ、弾くよ」

男が琥珀色（こはくいろ）をしたピックで六本の弦をはじくと、魔法のように目のまえの景色が色づいた。それは、とてもとても優しい音色だった。

なにが優しいのか。よくわからない。けれど、男の奏でる音色は僕を包み込んで落ち着かせた。森のざわめきも、虫の鳴き声も、すべて男の意識のとおりに演奏する楽器の一部のように思える。

弦を押さえる左手の指先がキュッとこすれた。それさえもメロディのひとつになって、心地よかった。男のハミングはこれらすべてを味方につけて、耳へ、心へ溶けていく。

あぁ、もうすぐ終わってしまう。

はじめて聴いた曲なのに、僕はそれを予期して叫びだしたくなった。大好きなアニメの最終話に流れるエンドロールでも見ている気分だった。まだ。まだ。この時間が続いてほしい。

それでも声をださなかったのは、自分の声によって音色を、男の演奏を、台なしにしたくなかったからだと思う。

やがて男の手は止まった。

しばらく、残響の間があたりに漂った。

さっきより星が輝きを増したように感じる。

僕は立ち尽くしていた。感動とか、そういう綺麗（きれい）な感情じゃなかった。踊りだしたいような、泣いてしまいたいような、経験したことのない感情でぐちゃぐちゃになってうごけなかった。

幸福感や充足感とはちがうもので満たされている。心の真ん中がうずいて、身体全体が熱くなっていた。

「いいもんはいいだろ？」

残響が完全に消えたあとに、男はそういって「そろそろ帰ろう」と僕の背中をぽん、と叩いた。

お互い黙ったまま土手をのぼり、橋のたもとで別れた。

「ていうか俺、おじさんじゃねぇから。まだ三十だし」

思いだしたようにいって、男は気だるそうな顔のまま、もう一度僕の頭をくしゃっとかき混ぜ、背をむけた。

僕は腹が立っていてなにも答えなかった。が、腹立ちとは裏腹、男がふり返るのをしばらく待っていた。つまり。もっと彼の音色を聴きたかった。

時間をかけ家に戻ると、お母さんは玄関先の段差に腰を下ろしていた。僕に気づいて慌てて駆け寄ってくる。お母さんはぶつかるように僕を抱きしめた。胸の膨らみに顔がうずまった。お母さんの匂いだった。

「もう！　どこいってたの！」

そういったお母さんの頬はさっきより痩けて見えた。

河原でのできごとを話すと、こっぴどく叱られた。しらない大人と気安くしゃべったらいけない。遠いところに連れていかれる、と。

「ごめん」

といいながら、まったく罪悪感を持てなかった。

それより、あの手にフィットした枝をどこで落としたのかということが気になってしかたなかった。男のギター代わりに、弾いているごっこをするのにはちょうどよさそうな枝だったから。

家のなかにはいると、お父さんはいびきをかいて寝ていた。

次の日。朝からまさに夏だった。

寝癖頭のお父さんは朝食に並んだ鯖の煮つけをおかずに、白飯を口に運んでいく。昨夜お母さんを殴ったことなんか忘れているみたいに。お母さんも、なにもなかったように座り、団扇で顔をあおぎながらテレビを眺めている。けれどその目元は一晩で青く鬱血している。だから、あれはやっぱり夢じゃない。

僕の目のまえにも、鯖の煮つけと白飯のよそわれた茶碗。そういえば、昨日なにも食べずに寝たんだった。それに気づいて、急にお腹が鳴った。

「はやく食っちまえよ。今日はほら。フェスにいくっつってたろ」

「……覚えてたの？」

「あたりまえだろうがぁ」

いつも忘れてるくせに、といおうとして、お父さんは忘れていることすら忘れているのだと思った。それでも嬉しかった。お父さんが、お父さんらしいことをいっている。

急いで朝食を食べ終え、タンクトップと短パンに着替えた。

「虫に刺されるよ」

お母さんにいわれ、薄手のジャンパーをリュックに詰める。お母さんがつくってくれた弁当を「ん」とだけいって、お父さんは玄関先で受け取った。

ミニバンは、もはや嫌がらせとすら思えるほど曲がりくねった道をなぞっていく。空が青かった。木々は緑。昨夜、怪物にしか見えなかった景色を形づくるいろんなものが、色をもって、窓を流れていく。お父さんは火のついていない煙草をくわえ、ハンドルをにぎっている。途中通り過ぎたあの男に会った河原は、いつもの河原として、澄んだ水流の脇で岩肌を白く乾かしていた。

コースとお父さんの雰囲気から、ミニバンがどこにむかっているのかはおおよそ予想がついていた。棚田の広がる地帯を過ぎ、ふたつ山を越えると、湯沢（ゆざわ）という、このあたりでは一番栄えた町にでる。

栄えているといってもスキーのシーズンを除けばタカがしれていた。僕の生まれるもっとまえに建てられた、古いリゾートマンションばかり残った侘（わび）しさの滲（にじ）んだような町だった。しかし、この日は車も道端を歩く人もいつもの何倍も多かった。そんな町中の高鳴りのなか、僕はひどい車酔いで、吐き気をずっと我慢していた。

喉元に、鯖の魚臭さが迫ってきて限界をむかえそうになった頃、やっとミニバンは湯沢と石打（いしうち）の境目にある、青い屋根の一軒家で停（と）まった。

プッ、とお父さんがクラクションを鳴らす。

すぐに家の扉が開いて、カオルさんが出てきた。

カオルさんはすらりと背の高い大人の女の人だった。日差しをまぶしそうに手でさえぎりながら、ミニバンの後部座席に乗り込む。途端に甘い香水の匂いが車内に立ち込めた。助手席から振りむくと、露（あら）わになったミニスカートの膝の上、ピクニック用のバスケットがのっている。

「遅いよぉ」

そういったカオルさんに、お父さんはバックミラー越しで「セーイチが朝飯食うのに時間かかってさ」といい訳をしている。お母さんには見せない、媚(こ)びる顔。カオルさんはうしろから、

「セーイチくん日焼けしたねぇ」という。

僕は返事をせず、窓の外を眺める。

カオルさんは数年前に旦那さんが死んで、ひとりこの家に暮らしているとお父さんがいっていた。あの青い屋根も、死んだ旦那さんが手ずから塗ったのだそうだ。触れれば火傷(やけど)しそうな、太陽の光にさらされた屋根。

「おい。無視してんじゃねぇよ」

「いいのよ」

カオルさんはまったく気にする風もなく、「それよりチケットも買ってなくて、本当にはいれんの？」とたずねる。

「あぁ。中学の同級生がダフ屋やってんだ。そいつがチケット代わりのリストバンドをくれることになってる。間違いない」

「わくわくするなぁ。はやくいこうよ」

カオルさんに急(せ)かされたお父さんはアクセルを踏む。タイヤが、カオルさんの家の敷

石を嚙んで、じりじりじり、と音を立てる。すこし前進したあとバックで旋回し、僕らを乗せたミニバンはまた走りだす。

しばらく走って、苗場スキー場の麓にある掘っ立て小屋の脇でミニバンを降りた。雪が降り積もる季節以外で、スキー場にきたのはこれがはじめてだった。お父さんは車のエンジンをつけたまま、小走りで小屋にはいっていったが、すぐ渋い顔でもどってきた。

「駐車だけで三千円も取りやがった」と舌打ちする。

相変わらず、カオルさんは涼しい顔をしている。

「いいじゃない。一日三千円だったら安いほうよ」

いい足りない文句を飲み込むように、お父さんは黙ったままカオルさんが抱えていたバスケットを持った。お父さんの背負っているリュックにも、お母さんがつくってくれた弁当がはいっている。

お母さんのと、カオルさんの。どっちの弁当を食べるんだろう。気になりながら、どんどん先をいく二人の背中を追った。水でも浴びたように全身から汗が吹きだしていく。

徐々に踏みしめる地面が震えはじめる。

遠くから、どん、どん、という低い音が聞こえる。

フェスというものがいったいどんなものかもわからず、僕は黙々とふたりに置いていかれないよう歩いた。会場までの近道だとお父さんがいい張る、獣道といっても嘘にならない坂を登り切った瞬間、

「うわぁ！」とカオルさんが声をあげた。

数えきれない人々が、巨大なゲートのまえで、うねっている。本来濃い緑色であるはずの夏の山がカラフルに彩られ、一体の生き物のようで恐怖すら感じる。

立ちくらみがした。

暑さのせいだけじゃなかった。

見たこともない人の数に圧倒される。ずっと感じている地鳴りは、どうやら、あのゲートの奥から聞こえてくるみたいだ。

お父さんはきょろきょろと、さきほどいっていた中学の同級生を探している。「あ」と、カオルさんと僕から離れた。

僕たちから距離を置いてお父さんが話しかけたのは、垢にまみれた髪を肩まで伸ばした、浅黒い肌の男だった。もう何日も風呂にはいってないように見えた。ひと言ふた言話すとお父さんは戻ってきて、男から受け取ったリストバンドを誇らしげにカオルさん

と僕に渡した。カオルさんは僕の腕にリストバンドを巻きながら、

「なぁに、あの人。ホームレスみたいね」と笑っている。

「ああ、もう十年以上前、あいつインドにいってたんだけどさ。帰ってきてから、あんな調子でおかしくなったんだよ」

そのときの僕は、ホームレスの意味をしらなかった。だいたいホームレスなんか、田舎にはどこにもいなかった。インドなら、学校に貼ってある世界地図でしっていたけど。

お父さんとカオルさんに両手を引かれ、僕はゲートをくぐった。カオルさんの手の指は細長く、あかぎれの目立つお母さんの指と比べてすべすべしている。運営スタッフに軽くリストバンドを確認されただけで、僕たちは簡単にゲートをくぐることができた。

「もう。なんで息止めてんの」

笑いながら、カオルさんがお父さんの肩を叩く。

「止めてねぇよ。ちょっと、本当にはいれるか緊張しただけだ」

お父さんはむすっと答えて、肩にのせられたカオルさんの手を払う。

ゲートのむこうは異世界だった。どの顔も、頬を上気させて、わぁきゃあといちいち大きな声をだしている。なによりうるさいはずの蟬の声でさえ薄らぐ。だれが吹いたのか、シャボン玉が蜃気楼(しんきろう)とのあいだで漂い、虹色に光る。

僕はお父さんの手を全力でにぎっていた。

よく人とぶつかった。いつか公民館で観た、外国の戦争映画のなかにでもいるような喧騒だった。「ねぇ」そういっても、お父さんにも、カオルさんにも僕の声は届かない。だから手をにぎるしかない。

お父さんと、カオルさんと、しらない大人たち。

そのだれもが子どもみたいな顔でうろついていた。不気味だった。大人が大人じゃなくなっている。上半身裸の男たちが、流れてくる音楽に合わせ女に腰をすりつけ踊っている。

カオルさんにいわれるがまま、いくつもあるステージをめぐった。カオルさんがいろんなミュージシャンに詳しいのは意外だった。パンフレットをもとに休みなくステージからステージへと移動するので、さすがに途中からうんざりしていた。脹ら脛が痺れる。

お父さんはというと、いつもならすぐ休もうといいだしそうなのに、曖昧な笑みを貼りつけてカオルさんの顔色ばかりうかがっているように見えた。

あんなに高かったはずの日が傾いていた。

夕暮れの向日葵(ひまわり)と同じく、僕はうつむいていることが多くなった。
山の寒暖差は激しい。持ってきたジャンパーを羽織ってちょうどいい気温になってい
る。草地にポツポツと並ぶテントに、灯りがともる。なかで人影が揺らめいた。濁った
煙草の煙がのろしのように方々から立ちのぼる。耳にいくつもの音が折り重なって残り、
へばりついて離れない。
何千、何万人といる人々のずっと先に小さくステージがある。近づこうとすれば大人
たちの背中が聳え、視界が覆われる。一日中、僕はライブというより無数の背中を見て
いたような気さえする。いまだって、ドラムのリズムとエレキギターの激しいメロディ、
それに、絶叫するようなボーカルの歌声が遠くから聴こえるだけで、楽しくなんかない。
疲労のみが、今日という時間を過ごした証拠のように全身を浸している。
僕の手は、お父さんの手につながっている。カオルさんのミニスカートから伸びた太
ももが、汗で濡れている。僕とつながっていないほうのお父さんの手はカオルさんの腰
にまわっている。
僕はそれを、見て見ないふりをする。
お父さんが、お父さんじゃなくなっていくのがわかる。それがこわい。爆音で演奏さ
れる曲なんかどうでもよかった。手をつないでいるはずのお父さんが、お母さんを殴っ

ているときよりずっと遠くに感じる。血のつながりが曖昧になっていく。とても喉が渇いた。

おかあさぁん

思わず叫んでいた。僕の声は、ステージから降りそそぐ大音量と、それに共鳴して声をあげる群衆にかき消される。

おかあさぁん

鼓動が乱れ、呼吸がうまくできなくなる。

昼、お母さんのつくってくれた弁当をお父さんはリュックから出さなかった。カオルさんのサンドイッチを美味(おい)しいといって食べていた。僕は食欲がないと嘘をいって、水ばかり飲んでいた。そのせいか頭がぼうっとしている。いま頃、お父さんのリュックのなかでお母さんの弁当は腐りはじめているだろう。お父さんに手をまわされながら身体を揺らす、カオルさんの香水の匂いに吐き気が込みあげた。僕の手を握ったお父さんの掌はかなりべとついている。

この手でいつもお母さんを殴っているんだと思うと、つい、振り払っていた。お父さんが、どうした、と怪訝(けげん)な視線で僕を見下ろす。

「セーイチくん、なんか震えてない？」

カオルさんがお父さんに問いかける。

「なんだ。気分でも悪いのか」

そういったお父さんの表情にはなぜか笑みがふくまれていた。なにが面白いのだろう。こんな場所の、なにが楽しいのだろう。

「熱でもあんのか？」

僕は首を振った。とにかくお母さんに会いたかった。帰ろうよ、お父さん。なんでお母さんじゃなくてカオルさんがここにいるの？　そういいたかったが、声にならない。

カオルさんはお菓子も買ってくれるし、綺麗だし、いい人だけど、お父さんの隣にいるべきはカオルさんじゃなくてお母さんだ。お父さんが笑いかけるべきは、カオルさんじゃなくてお母さんだ。僕は、お父さんとお母さん、三人で手をつないでここにいたい。

「帰るっ！」

そう叫んで、僕は走りだした。

背後から、セーイチ！　と、お父さんの声が聞こえたような気がしたけれど、振り返らなかった。泥だらけになったスニーカーで草っ原を踏みしめた。左右の足をまえにまえに、ひたすら走った。

空は紫色だった。羊の毛のようにふわりとした雲だけが、橙色に染め上がっていた。三角形をしたいくつもの旗がぬるい風でたなびく。ひゅう。ひゅう。肺が悲鳴みたいな音をだす。僕にはもう、足をうごかすことしかできなかった。ジャンパーの脇の下が擦れて妙な音を立てる。そのリズムが思考を犯していく。僕は、自分がなにをしているのか、すこしまえからわからなくなっていた。

ふり返った。お父さんもカオルさんも、僕のことを追ってはきていなかった。周りにはしらない大人たちばかりが蠢いている。

ぽつり、頭に冷たいものを感じた。それは次第に数を増し、雨となって僕や、しらない大人たちに降りかかる。お母さんも雨に気づいて、洗濯物を取り込んでいるだろうか。走っても走っても、あのゲートは見えてこない。自分がどこにいるのか、なんでここにいるのか、全然わからない。

しかたなく立ち止まって呆然としていると、山全体が揺れるほどの歓声が響いた。雨は、一層激しくなった。空に閃光（せんこう）がきらめく。いま鳴ったのが雷なのか、ドラムの音なのか混乱する。悲しくて、お母さんに会いたくて、とぼとぼとぬかるんだ地面を歩き、すがるように歓声のほうへと近づいていく。

「はるおぉぉ！」

群衆からの叫びが、木霊（こだま）する。

「はるおぉぉぉ！」

大人たちをかきわけていく。だれかが払った靴裏の泥が、頬にかかる。僕はもう泣きじゃくっていた。さっき歓声があがったのと同時に、ある男の姿がステージ脇の、巨大なモニターに映しだされていた。

目を疑った。でもそれは間違いなく、昨夜の男だった。

男は今日も短パンにティーシャツで、気だるい雰囲気を全身に漂わせたまま、ステージの中央に立っていた。

このだだっ広い山のなかで、僕は、強い意思を抱えて男の立つステージへと進んでいった。ドン、ドン、ドン、とまたドラムが鳴り、手慣らしでもするような、荒いギターの旋律が聴衆を囃し立てる。

「うわぁっ!!」

これまでで一番大きな歓声があがった。はじまってしまう。目のまえにはまだ数えきれない背中の壁がある。

耳に、川辺で男の奏でたメロディが蘇(よみがえ)った。すこしでも近くで、あのギターの音色をもう一度聴きたい。あの男の姿を、もう一度見たい。

ふわっと、身体が浮いた。急に視界がクリアになって、ステージが見えた。わけがわからずジタバタ手足をうごかすと、股の下から、

「あんまうごくなって。落ちるぞ」と声がする。

お父さん！　そう思ったが、僕を肩車していたのは、見たこともない大人だった。

「おまえもハルオ好きなのか？」

首をひねり、僕は「わかんない」とかぼそい声で答える。

「なんだよわかんないって」

まぁいいや、ハルオはわかんなくても最高だからな。背の高い男はそういって、僕の膝をつかんだ反対の手をあげると「はるおぉぉ！」と叫んだ。

ステージの上で、ハルオと呼びかけられた男が軽く会釈すると、瞬時に周囲は鎮まった。雨でさえ、音を立てることに遠慮しているようだった。

この感覚を僕はすでにしっていた。

「ノストラダムスの大予言ってやつが当たってたら、もしかするともうすぐこの世界は終わっちゃうのかもしれない。でも、そんなときにこのフェスで、俺らの歌を聴いてくれてありがとうって。そう思う」

マイクの位置を調整し、クホン、と咳（せき）をひとつ。

「じゃあ、弾くよ」

ギターに張られた弦の一本一本の太さまで伝わってくる力づよい音色。それでいて優しさが込められたピックの加減。やがて、演奏にシンセサイザーが加わる。聴衆は男も女も、言葉にならない雄叫（おたけ）びをあげる。低音のベースが、この世界に男の歌声が解き放たれるまでの滑走路を形づくり、ドラムスがきっかけの合図かのようにシンバルを高らかに鳴らした。そして——。

いいんだ　いいんでしょうね　たぶん
いつだってこんなんさ
煙草はうまいし　コーヒーはにがい
あんたはバカさ　こんな俺を選ばないなんて

いまからだって遅くないぜ
準備はできてる
なんて　嘘だ

雨は虹のまえぶれ
しぶとく生きる　髪をかきあげて

ただひとりの歌声で、会場がうねっていく。

ステージの上に立つ男は雨に打たれていた。

びしょびしょになりながらも口を開き、マイクを見上げるようにうたっている。ギターから手を離し、タンバリンを振る。みんなが「いいんだ　いいんでしょうね」と口ずさむ。その無数の声が重なり合って反響し、ひとつの巨大なメロディとなっていく。

生きる　俺は生きるぜ
どこまでいっても　俺は生きて生きるよ

喉が渇く　風が吹く
空は青い　ああ　ずっと青い

いいんだ　いいんでしょうね　たぶん
いつだってこんなんさ
あんたはいないし　俺はうたうしかない

雨は虹のまえぶれ
しぶとく生きる　髪をかきあげて　ああ

一曲目の演奏が終わった。

両膝の間からなにか叫んでいた大人が、ふと僕を見上げて「『まえぶれ』っていう曲。覚えとけ」と声をかけてきた。とりあえずうなずいてみたが、まだ僕は信じられないでいた。

昨夜河原で会った、あの変哲もない男がこんなにも人を興奮させ、夢中にさせ、なにより僕自身の心が震えている。「いいもんはいいだろ?」そう、男はいっていた。けれど、わからない。

音楽ってなんなんだ。

いつの間にかお父さんのことも、カオルさんのことも頭からなくなっていた。しぶとく生きる、という男の歌声が身体の芯で痺れて、まだ残っていた。そのあと演奏されたどの曲も、どの歌詞も、僕のことをうたってくれてるみたいで嬉しかった。子どものくせに、これまでの自分が報われたような気がした。

ギターを低い位置でかき鳴らし、喉を上下させている男の瞳に、僕も映っていればいいな。そう思いながらステージを見つめ続けた。

のちにしった。

河原で出会い、ステージのむこうで再会した男の名前は、斉藤ハルオ。このフェスへの出演を最後に、メンバーとの仲違い（なかたが）いが原因でバンドを解散し、ソロとして数多くの名曲を世に送り出していく男。

そんなこと当時の僕は、いや、彼自身しらないままに演奏は終わった。僕は、背の高い男の肩から降ろされひとり迷子になっているところを、警備員に保護された。連絡を受けむかえにきたお母さんに連れられ家まで帰った。

お母さんは家に着くまで黙って車を運転していた。隠れて吸っていたはずの煙草を、堂々と吸いながら。若干、いつもよりスピードが出ていたような気もする。

お父さんはというと、消えた。カオルさんと一緒に、駆け落ちでもしたのかもしれないが、実際はわからなかった。

祖母は僕が中学にあがる頃、亡くなった。

祖父もその半年後に死んだ。お父さんの借金だけが家に残った。

なんというバンドか記憶にないが、あるステージの演奏を聴いているときに、お父さんがつぶやいた言葉が忘れられない。

「俺だって、ああなりたかったなぁ……」

僕はその日。お父さんが行方をくらました日に、カオルさんと一緒だったことをお母さんには黙っていた。お父さんのためじゃない。

お母さんが、悲しむような気がしたから。

それだけだ。

2

ちょっとした庭先で、大家である宮本さんの植えた紫陽花（あじさい）が咲き誇っていた。空はどんより鉛色。雨の予感をふくんだ匂いが、半端に開けた窓からはいってくる。

もう昼過ぎか。そう頭のなかで言語化してみても、身体を起こす気になれない。東京に出てきて二年目。僕は十九で、日をまたげば二十歳になるはずなのに、なんの感慨も湧かなかった。淡々とした日々のひとつ。クロスさせた腕にのせた頭には、なんの歌詞も、曲も、浮かびはしなかった。成人という肩書きより才能が欲しい。部屋の壁に立てかけたエレキギターの弦は、湿気で錆（さ）びかけているかもしれない。

中古屋で買った十八インチのテレビで、「梅雨（つゆ）のピークは去りました」とさっき気象予報士がいっていたくせ、アパートの外壁につたう蔦（つた）をシトシトと雨が緑色に染めはじめる。嘘つけ。

十二時二十六分。腹痛といって午前半休をとったとはいえ、もうすぐ昼休みも終わる。

そろそろ本気で起きないと遅刻だ。畳のうえで一匹の蟻がどこかを目指して這っている。ビニール傘をさして外に出た。とぼとぼ足を交互に踏みだしても十分とかからない路地の一角に、工場はあった。

　周りは住宅地で、景観を損なわないよう配慮でもしたのか『宮本製菓』という看板がなければこの建物もアパートにしか見えない。外を囲うブロック塀には苔が生していて、工場の年季を感じさせた。屋上に据えられた、もとは銀色だったはずのタンクも、すっかり煤けている。塀の外にまで工場内の甘い香りが漏れている。

　ため息をついて、骨組みの一本折れた傘を乱暴にたたんだ。

　滅菌された白い作業着に着替え、伸びすぎた髪をキャップのなかにねじ込む。指の間まで吹きかけるアルコール消毒にはいつまでも慣れずにいた。びっしょり濡れたはずの手が、嘘だったようにもう乾いている。こんなことで僕の手にうようよいるだろう無数の菌を殺せるなんて、とても信じられなかった。乾ききった掌を眺めていると、昨日の晩、ゆきずりで寝た歳上の女を思い出して憂鬱になる。

　溺れかけた子どもみたいな喘ぎ声をあげる女の腹に射精したあと、こんなことをするために東京に出てきたんじゃないという鬱の波が襲ってきて、僕は「帰れよ」といった。はじめ、女は冗談とでも思ったのか、曖昧な笑みを浮かべていたが、あんまり僕がしつこくいうので、「死ね」とか「舐めんなよ」などとひとしきり喚いて出ていった。あの女の股の下を濡らしていた透明な液の成分も、アルコールで死んだのだろうか。

「七分遅刻だぞ。セーイチ」

作業場にはいるなり、「引き飴」と呼ばれる柔らかい状態の飴の塊をこねる作業をしながら、宮本さんは見むきもせずにつぶやいた。

「あ、すんません」

そういうと、マスク越しではほとんど聞こえない声で「あしたも遅刻したらそのぶん給料から天引くからな」とつけ加えられる。いや、いまだって都の最低賃金すれすれだけど。そう思ったがこらえ、黙って持ち場につく。もうちょっと、腹が痛そうにしてはいってくればよかった。台の上には、宮本さんがこねたあとにカッティングされて延べ棒状になった飴が、いくつも並んでいる。

「なぁ。おまえ結局、あの女とやったんか」

台のむかいに立って作業をしていたツノダが声をひそめる。

「やってないよ」

即座に僕は嘘をつき、流れてきた飴の棒をツノダに渡す。

唯一、この工場のいいところをあげるとすれば、つけたマスクで表情が隠れ、簡単に嘘をつける点かもしれない。

「おっかしいなぁ……。だって店出たあと、あの女おまえの部屋はいってってったやんけ。朝までセックスしとったから午前サボったんやろ？」

あとつけてたのかよ。うざったく感じながら「やろうとしたけどやれなかった。それにマジで腹壊してたんだよ」と、あくまで白を切る。特に意味はなかった。なんとなく面倒くさいだけだ。

僕も、ツノダも、宮本製菓の寮に住み込みで働いている。他にも数人、僕らと同年代の従業員がいて、壁の薄いアパートへ、日夜だれかが女を連れ込んでいた。

赤、オレンジ、黄、緑、青、紫、と色のついたまだ柔らかい延べ棒状の飴を、ツノダは手際よく並べていく。これを軽く押しつけながら、芯となる丸太のような太さの白飴の外側に巻きつける。そうしてできた塊を、専用の機械で回転させながら細く引き伸ばす。最後に一口大に切り揃えると、虹色に縁取られた飴玉になる。

「僕がやりたかったのになぁ。めっちゃタイプやってんで。なんなら、女に酒おごって酔わしたん僕やのに」

「べつに、女は大学にいっぱいいるだろ」

ツノダは変わり者だった。

早稲田という、どんなに僕が勉強しても受かりそうにない大学にかよっているくせに、授業にもいかずこんなシケた飴工場の寮に住み込みで働いている。

「僕、二浪してるやん？　なんか学校の同期歳下ばっかやし、テンションが合わんのよ」

「俺だって歳下だし。二浪もしてんなら、むしろ大学いけ」

へらず口をたたきながら、僕らは飴を並べていく。

赤。オレンジ。黄。緑。青。紫。赤。オレンジ。黄——。そのループ。宮本さんは、十五のときから四十年以上、この作業をくり返している。東北で起こった震災のときでも、東京までが大きく揺れるなか作業をつづけようとしたらしい。工場には、マスクの肌理（きめ）よりも粒子の細かい飴の成分が漂っている。そのせいか宮本さんは三十代で歯がぼろぼろになって、いまはすべて差し歯だという噂（うわさ）だった。

街角なんかで無料配布されてもありがたくない飴に捧（ささ）げる人生。想像しただけでぞっとする。ラインの下流で、検品しているパートのおばさんたちの、けたたましい笑い声が作業場に響く。

ラインは夕方六時きっかりで、毎日完全に停止する。

そして、清掃作業を経てやっと業務が終わる。

無人の作業場はどこか病院の雰囲気に似ている。電源を抜かれた機械は丹念に磨かれ、新品同様輝いている。それが逆に不気味でしかたなかった。宮本さんはさらに毎朝はやく工場にきて、ひとり磨き直す。まったく信じられない愛だ。飴玉への、いかれた執着。

遅刻の罰として「締め」をいいわたされた僕は、ろくに点検もせず作業場を一周し、灯りを落とした。マスクをはずして更衣室にむかうと、ちょうど着替え終わった宮本さんとすれ違う。

「おつかれっす」

「…………」

あっけなく無視され、宮本さんの姿が完全に見えなくなったのを確認し、舌をうつ。ああいう態度が職人だとでも思っているのだろうか。僕の目には、昔の習慣にすがって生きる、哀しい中年の背中にしか映らない。

脱いだ作業着に苛つきをたくし、勢いよく洗濯かごへと投げつけた。全裸になって更衣室に備えつけられたシャワー室にはいる。隣のシャワー室からは、飛沫にまぎれてツノダの暢気な鼻歌が聞こえてくる。

コンビニでトリスハイボール二缶と、レジ横に並んだ焼鳥串を一本買った。本当はタレ味のほうがよかったが、塩味しか残ってなかった。

「あたためますか？」

いや、といいかけ、寮の電子レンジが壊れていたのを思い出す。

「あ。やっぱ、お願いします」

「しょしょお待ちくださいぃ」

店員の少々、のいい方が気になる。あと二時間ほどでこんな風に二十歳をむかえる自分が虚しくなった。

レジのまえで所在なくたたずむ。

店員の背後では、結果食べたかったのかも微妙な焼鳥串が光をあびて熱せられていた。店内で流れる、ファンによる総選挙かなにかでグループのセンターに選ばれたアイドルの宣伝放送を聞いていると腹が立ってくる。

「わたしたちやっと、デビューすることになりましたぁ」

やっとって、どうせおまえらの力じゃねぇだろ。

「今回のデビューシングルは本当に素敵な楽曲になっております！　ぱちぱちぱちぃ」

顔がいいだけで、他人から与えられた曲をうたって、なにが素敵な楽曲だよ。なにがぱちぱちぃ、だ。クズだよクズ。おまえらや、おまえらを売り出そうとするレーベルのせいで日本の音楽シーンがどれだけ堕ちていってるか、考えたことあるかよ。

ピッ、ピッ……。

加熱終了の合図が鳴ってわれに返る。

気を抜けば、すぐ八つ当たり。そんな自分がなによりなさけなく、恥ずかしかった。初々しいコメントのあとに流れはじめた彼女たちのデビュー曲は、キャッチーなイントロでいかにも売れそうだった。

だれかの捨てた煙草の吸殻が、道路の白線に転がっていた。

ビニール傘の先端ではじく。吸殻は力なく飛んで、電柱のそばに落ちた。なんの手応えもなかったせいかリアリティがなく、消化不足だった。けれど、なにを消化したいかもつかめないので、しかたなく歩いた。歩けるだけで、まだなにか可能性があるという考え方もできるような気がした。立ち止まれば灰になりそうだった。

寮まで我慢できずに缶のプルトップを引きあげ、一口喉を潤す。

純情商店街の通りはまだ賑わっていて、スーツ姿の酔っ払いが隣に連れた女を帰すまいと耳元で口説いている。

ツノダも、いきつけの「ゲットー」という場末のバーで、女を口説いている頃だろうか。シャワーを浴びたあと、ツノダから「今日もいくやろ」と誘われたのを僕はことわった。二日連続で午前半休はさすがに使えないし、万一また遅刻して給料を下げられたらたまらない。あの頑固オヤジなら本当にやりかねない。

通りのなかほどで右に路地を曲がり、しばらく進むと寮が見える。庭先の紫陽花や寮の外壁を覆う蔦が、雨後のぬるい風に揺られている。

錆びた外階段をのぼり切る直前、ポケットの携帯電話が鳴った。

「もしもし？」

受話口から、カラオケの騒がしい声が漏れ聞こえてくる。自分だけひとりでいることが際立ち、つい、うつむいてしまう。

「元気？　風邪ひいてない？」

「また飲んでんの？」

「そうよ。今日も『ミヤコ』で宴会」

陽気なお母さんの声が、のしかかってくるように感じた。

ミヤコは、実家の近くにあるスナックだった。ママの名前がミヤコだとか、たしかそういうネーミングセンスのよくあるスナック。僕が上京して以来、お母さんは頻繁にかよっているらしかった。

「どうしたの」

「どうしたのって、あんた誕生日でしょ」

まぁ。そういって「正確には二時間後だけど」と補足する。

「あんた去年電話しても結局出なかったから、保険でいましとこうと思って」

「誕生日の保険ってなんだよ」

「細かいことは気にしないの」

ぎゃはははは、という笑いとともに、セーちゃんおめでとぉぉ、と何人かのしゃがれた声がする。

「……ゲンさんもいるの？」

「いるよ。電話代わる？」

「いや、いい」

お父さんが蒸発して以来、僕はお母さん一人の手によって育てられた。ゲンさんは実家の隣に住んでいて、なにかと二人の面倒を見てくれた恩人だった。お母さんが仕事で夜遅くなるときはよく、税理士の個人事務所を営んでいるゲンさんに夕飯を食べさせてもらった。いわゆる男の料理だったが、僕はその大味な夕食が嫌いじゃなかった。

あの日。斉藤ハルオと出会ってから、僕は音楽に熱中した。シングルマザーの家庭だとか、決して裕福じゃない環境だとか。当時背負っていた負の感情を、音楽をやっているときは忘れられた。気づけば、ミュージシャンになることが夢になっていた。東京にいきたいといった僕に、宮本製菓の働き口を紹介してくれたのもゲンさんだ。

上京して半年後、お母さんはゲンさんと結婚した。

式は挙げず、籍だけをいれるひっそりとしたものだった。

お母さんの幸せを考えれば喜ばしいはずなのに、それからお母さんの声を聞くたびにゲンさんの姿がちらつき、テンションに黒い影を落とした。ゲンさんがいい人であればあるほど、感情は複雑に混じり合って膨らんだ。いっそ、しらない人だったら、善(よ)かれ悪(あ)しかれ気持ちを割り切れたと思う。

去年はどうしても億劫(おっくう)で、電話にでなかった。要はまだ母離れもできないガキなのだ。

「なんか欲しいものないの？　お金送ろうか、あと米とか」

「いいよべつに」

「バンドのほうはどうなの。ヤマグチくんたち、元気にしてる？」

「ああ。まぁ、ぼちぼちやってるよ」

そう答えたが、うしろめたさに勝てず、外階段に座り込んだ。遠くの夜空に、高層ビルが赤い光を発して点滅している。渋谷のビルか、新宿のビルか。いまだ土地勘もつかめない。

実際のところ、高校でバンドを組み一緒に上京してきたメンバーとはもう二ヶ月以上会っていなかった。ドラムのヤマグチは美容師の専門学校、ベースのホシノは就職した不動産会社の営業に追われ、バンドは早くも解散の危機を迎えていた。些細なことですぐ口論になる僕らの関係はかなり冷え切っている。音楽の方向性は同じだとわかっているだけにもどかしかった。むしろ、それがメンバー同士の神経を余計ささくれ立たせた。

「あんまり無理しないように、ね」

「わかってるって——。もう切るよ」

辛(つら)くなって、僕は一方的に電話を切った。

応援なんかしてくれないほうがマシだった。本当は、たった一年でなんのために東京にでてきたのかもわからなくなっている。たいした行動も起こさないまま、僕はひとりで血まみれになっていた。感情のなかで、いつも自傷行為をくり返しているような気分だった。

歌詞のワンセンテンスも書けず、書かず、飴をこねくりまわしている日々にどんな意味があるのだろうか。

だれか教えてほしい。


ベッドに横たわったものの、うまく寝つけなかった。トリスハイボールの缶はとっくに空になって床で転がっていた。気晴らしで散歩に出たつもりが、僕の手はゲットーの、立てつけの悪い扉を押していた。

ツノダは、いつも座っているカウンターのコーナー席に腰を下ろしてバドワイザーを飲んでいた。灰皿のなかでひしめき合った吸殻の数が、彼のこの店での滞在時間を示していた。

「なにしてんねん、おまえ。明日遅刻したらまずいんやないの」

僕が隣に座ると、ツノダは酔って濁った目をむけた。

「おまえこそ、ひとりかよ」

「ああ。今日はあかんなぁ」

「今日も、だろ」

店主のランデルが青い瞳を片目だけ閉じ、ラムハイを置いてくれた。僕は、ありがと

うといい、ツノダのバドワイザーの瓶に軽くグラスを当てる。ぐっと残りを飲み干すと、

「僕にもおかわりや」

そうツノダがいった。

「あんたは飲みすぎよ」と、呆れながらも、ランデルは新しいバドワイザーの栓を抜いてカウンターに置く。

店には僕らのほかに、近くの寂れた本屋で店主をしている、キクチさんという老人しかいなかった。頭に髪一本ないキクチさんは、こう見えても商店街の会長で、年に一度ある神輿祭りを仕切っているらしい。いつもなら「おめぇら、今年は神輿かつげよ」などと勧誘があるのだが、すでにカウンターに突っ伏していびきをかいている。

「さっきまで昨日の女もおったんやで」

ツノダはにやにや笑って、

「今度おまえに会ったら殺すいうとったわ。来月結婚するらしい」

「そっか。結婚、するんだ」

「ああ。来週には旦那の家に引っ越すらしいわ」

へぇ。僕は努めて興味のない声を出した。

ツノダの煙草を一本もらう。

おまえやっぱやっとったやんけ。なんでそんなしょっぱい嘘つくねん、とかなんとか文句を垂れるツノダの言葉を聞き流しながらも、かたくなに女を帰した自分が、ひどく幼く思えた。いつも女性について後味として残るのは、同じような感情だ。

「でも、おまえの音楽の話はおもしろかったっていうとったわ」

「そんな話したっけ」

「暮らすための音楽と、生きるための音楽の違いについて」

ツノダは半笑いだった。

「…………」

「ホンマもんは、そんなこといっとらんでひたすら曲つくってるわって、笑ってたで」

不意に、拳へと力がはいった。図星だったからだ。このままでは、家族を置いて消えたあの男となにも変わらないクズになってしまう。そう思いながら、いつも酒に酔っているクズが僕だった。

「……笑ってたのって、おまえだろ」

「僕はそんな嫌味なやつちゃうやん」

店内の壁にかかった時計の針が天辺を過ぎる。

僕はひっそりと二十歳になった。

3

最後の千円札を突っ込み、その分の玉もはかなく尽きた。

ちかちか点滅するだけの台をドン、と叩く。ツノダはとっくのまえに有り金をすべて吸い込まれて、隣の席で呆然と煙を吐いている。

僕たちはどちらからともなく立ち上がった。狭い通路の地べたに重ねられた、銀色の玉のぎっしりつまった箱をよけて歩く。それらの箱をひとつひとつ蹴り飛ばしてやりたかった。店の自動ドアをくぐって外にでると白い息がでた。耳にはパチンコ玉がじゃらじゃらとこすれ合う音と、確変のド派手な演出音が僕らを嘲笑(あざわら)うようにしばらく残った。

腹が減っていた。ジーンズのポケットに手を突っ込んでみたけど、成人にもなってスナック菓子を買う金さえなかった。指先に触れ、お札かと思って引っ張り出したものは、いつかなにかの景品としてもらった図書カードだった。本じゃ腹はふくれない。

牛丼屋のまえで、ツノダとは別れた。

「じゃあ、八時にゲットーで」

「あぁ」

僕は牛丼屋にはいるふりをして、白い息を吐きながら雑踏に紛れていくツノダの姿を眺めた。ツノダが見えなくなって顔を横にむけると、牛丼屋のカウンターでスーツを着たサラリーマンや、ニッカボッカを穿いた男たちが、むさぼるように丼をかき込んでいる。券売機の一番安い牛丼のボタンも押せない僕は、そこを素どおりしてクリーニング店や小さなゲームセンター、パン屋なんかが何軒も並んでいる通りにでた。当てなくぶらついていると、美味そうな匂いに何度もぶつかって困った。

頭上の空を、いくつもの電線が区切っている。

クリスマスまであと一ヶ月以上あるのに、店々の表ではそれをアピールする色彩や文言が躍動している。まだ夕方で、ツノダとの約束の時間になるまで寮でひと休みしようと思った。

狭い道を横切った踏切を小田急線が猛スピードで駆け抜ける。

そろそろ、新潟では雪が積もりはじめる頃だろう。

途中、本屋にはいって棚を物色した。この本屋の店主だったキクチさんは、今年の噎せ返るほどの暑い夏の日に、心筋梗塞で死んだ。一番の死因は酒の飲みすぎだと思う。

あとを継いだ息子は、まだ三十前半なのにキクチさんと同じく髪が一本もなかった。でも、酒は一滴も飲まない。アルコールが身体に合わないのだそうだ。

店内をくまなく三周する。結局はじめから目に留まっていた「ロッキング・オン・ジャパン」という音楽雑誌を図書カードで買った。表紙をコールドプレイが飾り、特集として斉藤ハルオのロングインタビューが組まれていたからだ。

雑誌を脇に挟むと人混みの間を縫って進む。

夕日の降りそそぐ街は、全体が浮かれているようだった。

中古専門の家電屋を過ぎようとして、半月ほどまえここでランデルと偶然会ったことを思いだした。ゲットーでしか顔を合わせない彼女と、まだ日のある時間に話すのはなんとなく気まずかったけれど、しかたなく「あとでいこうと思ってたとこだよ」と声をかけた。

「あら。また彼氏と?」

ランデルは、金色の美しい前髪をかきあげてからかってきた。

二度離婚して、もうすぐ四十三になる女性にはどうしても見えないほど、彼女の肌はみずみずしかった。鼻をまたいで両頬に散らばったそばかすは、そのへんの男を易々(やすやす)とまどわす魅力があった。

「あぁ。そういえば、ツノダの大学のしり合いも来るらしい」

「そうなんだ。妬けるわね」

「どっちに？」

「どっちにも」

　僕が乾いた笑い声をあげると、「ねえ、ここの店でなにか買ったことある？」とランデルは僕を試すような視線をむけていった。

「あるけど、電子レンジは買わないほうがいいかな。スイッチ押しても変な音を鳴らすだけ鳴らしてぜんぜんあったまらない」

　ランデルはうなずいて、じゃあ別の店を当たるわ、といった。またあとで、といい合って別れ、僕は寮に戻った。

　弁当ガラをしばったコンビニの袋が小さなテーブルを占領していた。それをかきわけ、さっき買った雑誌を汚さないように置く。

　冷蔵庫を開けてみる。缶ビール二本にニッカウイスキーの小瓶があるだけだった。気は進まなかったけれど、流し台に放っていた黒ずんで甘ったるい匂いのバナナを、実がつぶれないよう慎重に剝いて食べた。部屋は、ここが室内だと信じられないぐらい寒い。今朝、パチンコ店に並ぶまえ淹れたコーヒーを沸かし直し、雑誌を開いた。

斉藤ハルオのロングインタビューは、今度発表するＥＰにむけてのものらしかった。あの日と同じように、斉藤ハルオは写真のなかで気だるそうな瞳を濡らし、僕のほうを見ている。平静なふりをして文字を追う。インタビュアーの、斉藤さんにとっての音楽とは、という質問に『音楽はなんだろうって問い詰めたときから、もうそれは音楽じゃないよね』と、わかるような、わからないようなことを答えはぐらかしている。

字で捉えても飄々と世を渡る彼の生き方に、どこか焦りのような感情がむくむくと湧いてくる。途中で耐えられず、ページを閉じた。動悸がうざったかった。「いいもんはいいだろ？」あの日。斉藤ハルオのいった言葉が、歳を経るごとに疼く。

彼が武道館デビューしたのは二十一で、いま僕は二十だ。

来年なにをしているだろう。

小さくとも、ワンマンのステージに立てているだろうか。立てる可能性だってある。けど、その根拠はなにもない。せいぜい、飴をこねる手際でもよくなってるくらいか？それも怪しい気がする。

ベッドに横たわると、インタビューでの彼の答えひとつひとつが頭をよぎる。好きな体位の話で終始しているかと思えば、軽やかな口調で急に『もちろんたくさんの人に聴いて欲しいけど、まず自分が聴きたいと信じられる曲をつくってからの話ですよね、それって』と、平面な字体で僕の胸を突き刺してくる。

うるせぇよ、そううそぶいてみても、形のない不安は僕に迫った。いい曲が売れるのか。売れるから、いい曲なのか。いいもんはいいって、どういうことなんだ？

逃げるようにギターを抱え、弦を指ではじく。しょぼくれた給料をこつこつ貯めて買った、寺田楽器のアコースティックギター。

大きく、息を吸う。

肺を冷たい空気が満たし、僕は、声をだしてみる。

ヤマグチからの、【みんな二十歳になったな】というメールをきっかけに、この頃は、二週に一度くらいのペースで、ホシノと三人で時間を合わせてスタジオに集まっていた。あいつらのモチベーションは悪くないのに、勝手に苛立っている自分がいる。けれどどうしても僕だけが音楽に本気で、ホシノもヤマグチも片手間に演奏しているとしか思えない瞬間があってつい強く当たってしまう。

なにかが嚙み合ってない。そのくせ、

「だったら……。はやく新曲あげてこいよ」

そうつぶやいたホシノに、僕はなにもいい返せない。誤魔化すように、エフェクターを荒々しく踏み込む。このままでいいわけがない。なのに、八つ当たりしかできない。

それで先週、僕はひとり路上でうたってみた。

気分転換のつもりだった。休日昼間の電車はわりと混んでいた。ギターケースを背負った僕は、乗客からの邪魔そうな視線に耐えてつり革につかまっていた。都心に近づくほどに緊張が増していく。もう帰りたいとさえ思った。路上ライブしてくれなんて、だれからも頼まれてないのに。

ビルや看板、絶えない人波。ＪＲ新宿駅の東口。

寒空の下、だれも僕に見むきもしない。わかっているのに、ケースからギターをとりだし、ネックにカポタストをはめようとした手が震える。自意識過剰だ。数曲うたって、反応のないオリジナルソングに心が折れた。やけになって流行（はや）りの曲を弾くと、ぽつぽつ人が立ち止まった。

あの日、自尊心を保つため、代わりに捨てたものがたしかにあった。それを僕は自分なりにとり戻したい。自分の曲で、ちゃんと人を惹（ひ）きつけたい。

ベッドの上で壁にもたれた。

あのときの、うしろめたさと、それでも自分の歌声を見ずしらずの人間が聴いてくれる幸福とを交互に思いだしながら、部屋でひとりギターを鳴らす。本当に自分が聴きたいと信じられる音色を探る。

僕の歌は、いったいどこにあるのか。

わからない。けれど、すくなくとも「ある」と信じたい。

小一時間ほどギターを弾いたり、即興のフレーズに合わせて鼻歌をうたったりしていると、そろそろゲットーにいく身支度をはじめてもいい時間になっていた。熱いお湯のシャワーを浴びたかったし、本当はそのまえにちょっと眠りたかった。昨日もツノダと朝まで酒を飲んで、三十分だけの仮眠でパチンコ店に並んだのだ。

ギターを横たえ、添い寝でもするようにベッドへ身体を埋めた。ニスでコーティングされた木製のボディに体温が移っていて、頬をつけると気持ちよかった。

五分だけ寝よう。それで、寮の一階にある共用シャワーを浴び、二日間着っぱなしの服を着替えたらゲットーにむかおう。そう思っていると、すぐに重い眠気がやってきた。目覚ましをかけようとしたが、腕をうごかすのも億劫だった。ツノダとの約束をすっぽかそうかどうしようか迷っていると、いつの間にか眠っていた。

目が覚めると、電子時計は夜八時を三十分以上過ぎていた。

夢は見なかった。何度かまばたきをする。コンタクトレンズが眼球に張りついたままこわばっている。ワンデーだがもったいなくて、もう三日ほどつけっ放しにしている。

引き寄せた携帯電話には不在着信が七件もきていた。どれもツノダからだった。かけ直したところで同じだと思い、枕元に投げた。

やっとベッドから上半身を剝がしたものの、しばらく壁にある野球の球くらいの大きさの凹み(へこ)をぼうっと眺めた。

この部屋に住みはじめたときにはすでにあった凹み。まえの住人が殴りつけたのか、それとも家具でもぶつけたのか。わかるはずもない理由を時折想像してみる。

たとえば——そいつは職場で上司に叱られ、同僚と仕事終わり、浴びるように酒を飲んだとする。街でナンパでもして女を引っかけようと決めるが、もともとたいした勇気も持ってないので、騒がしい通りをいったりきたりするだけ。そのうち人もいなくなって夜が白んでくる。いく先もなくひとり、この部屋に戻ると、はずれのような一日に感傷的になって溺れ、息を保とうと音楽を聴く。アップテンポなシティポップをリピートしながら残っていた安物のウイスキーを飲み干し、空いた瓶をマイク代わりにうたう。と、隣の部屋からうるさいと壁を叩かれ、せっかくの気分を台なしにされた彼は瓶を投げつける——いつもの僕だ。

渇いた喉を潤すためと眠気覚ましとを兼ねて、とっくに冷えた飲みかけのコーヒーをごくっと飲んだ。百円ショップの鏡を見ると、頬は睡眠不足で痩けているくせに、目のあたりは腫れぼったい。手の甲で目やにをぬぐい、脂ぎった寝癖をなでつけると部屋をでた。ゆっくり歩いても、九時過ぎにはゲットーに着くだろう。

扉を押すと、すぐにランデルが僕に手でサインを送った。

土曜の夜ということもあってか店は繁盛していた。いつものカウンターの席に、ツノダの姿はなかった。

電話を無視したことに怒って帰ったのかと思ったが、ランデルが指さした先を視線で追うと、店の奥のテーブル席にツノダを見つけた。あいつは怒るどころか、むかいに座った女としゃべりながら手を叩いて笑っている。店内は客同士の声で溢れ、なにをしゃべっているのかまではわからなかった。

とっさにシャワーを浴びなかったことを悔やんだ。

とはいえ、これから引き返してシャワーを浴びるわけにもいかない。ランデルからバドワイザーを受け取り、客のあいだを縫って、ツノダと女のいる席に近づいた。

「なんやおまえかい」

自分から誘ったくせに、ツノダは僕を見て渋い顔をつくった。

「こいつ、セーイチっていうねん。さっき話してたミュージシャン目指しとるやつ」

女は僕にこくっと頭を下げ、こんばんは、といった。

「本当はもうひとり女子くる予定やってんけど急用はいったみたいでな。おまえのことキャンセルしよう思て電話してんに、ぜんぜんでぇへんからやな……」

そう毒づくツノダに対して不思議と腹は立たなかった。

彼女の髪はショートカットに切り揃えられ、伸ばしっぱなしの僕よりも短かった。黒目が大きく、長い睫毛とのバランスで、どこか物憂げな印象を受けた。けれど、実際の彼女は打ち解けやすい性格のようで、

「わたし、エイコです。映画のエイに、子どものコ」

といって、張りのある頰にえくぼをつくって微笑んだ。割と飲んでいるのか、耳がじんわりと赤く染まっている。白いタートルネックのセーターがよく似合っていた。

胸のふくらみに目がいきかけ、逸らした。不意に、この子がすでにツノダとセックスをしていたなら悲しいと思った。嫌なイメージが湧いてきそうだったので「どうせ寝とったんやろ」とぼやくツノダに「うるせぇよ」といって彼の隣に座る。

バドワイザーの瓶を、ツノダとエイコのグラスに軽くぶつけた。炭酸が喉でシュワシ

ユワとはじけ、冷えたビールが身体へと沁みていく。頭に血がのぼっているのがわかる。落ち着こうとして、なぜか僕は、ひと息にバドワイザーを空けた。

「寝起きの一気ってかぁ」ツノダが呆れたような声をだす。

「髪の毛。台風みたいになってるね」

　エイコがおかしそうに笑うので、いまさら恥ずかしくなる。

　次の酒をとりに席を立った。ランデルはカウンターの内側で忙しく酒をつくり、たまに客に軽口を叩いて笑わせている。

　声をかけるタイミングを見計らっていると、彼女のほうからやってきて「もう飲んだの？」といった。

「ああ」

「そんなペースで飲むお金、あったっけ」

「今日はいつも以上に全然金ない」

「またパチンコにでも負けたの？」

「まぁ。そんなとこ」

　ランデルは、澄んだ目で僕をじっと見て、

「その歳で、そんな飲み方覚えたらだめよ」といった。

「べつにツケないよ。ちゃんとツノダが払う。あいつの実家、金持ちなんだし」

「なおさらよくない思想だわ」

思想なんて古めかしいことをいうランデルに、僕はじりじりした。さっさと席にもどり、エイコの鼻にかかった声を聞きたかった。幾重にもかさなった客の話し声のせいで、エイコとツノダの会話が聞こえないのがもどかしい。

「わかった、悪かったよ。でも今夜はツノダに誘われてきたんだ。頼むから酒くれよ」

そこで、はじめてランデルは口元の筋肉を緩めた。

「そんなにあの席に戻りたいのね」

「からかうなって」

エイコへの感情を見透かされたような気がした。

彼氏のお金で飲むなら安い酒にしときなさい。説教めいたことをいって、ランデルはラムハイをだした。ここのラムハイは、カンボジアのダークラムをつかっているせいか、とびきり安い。といっても、とくに酒の味がわかるわけでもなかった。酔えればそれでいい。僕は「ありがとう」と素直にいって席に戻った。

「なにを話してたの？」

席に着くなりエイコはいった。彼女が、僕とランデルの他愛（たわい）ない会話を気にしていたことに嬉しくなる。

「酒の飲み方を教わってたんだよ」

「大事なことだね。わたしも教わりたかったなぁ」

くすっと、エイコが笑う。

彼女のことをなんと呼ぶか迷ったが、思い切って、

「エイコも、よく酒飲むの？」とたずねた。

呼び捨てにするのも、ちゃん、とか、さん、をつけるのも、それぞれに相手へのスタンスが表れるようでいつも困る。緊張する。ゆきずりの女なら、ひと晩くらい名前なんか呼ばなくてもやり過ごせるが、彼女にそんな手は通用しない感じがした。

「大学の最寄りの駅まえに汚いロータリーがあるんだけど、そこで何回か朝起きたことあるよ」

屈託のない彼女の声を聞いたとき、僕は安心した。

ツノダと面倒な教授や、もうすぐあるらしい試験の問題について話しているエイコを僕は黙って眺めていた。あいつが学生であることをはじめて羨ましく感じた。

卑猥（ひわい）な冗談もいわず、強引に酔わせようともせず、あいつがちゃんと会話のラリーを続けている。エイコの気を引こうとしているのは明らかだった。僕はできるだけ自然に

相槌（あいづち）をうったり、ふたりの話を聞いて笑ったりして時間を過ごした。

　ゲットーの扉が開いて閉じるたびに、客はいれ替わっていく。

　しばらくして入ってきた、顔見しりの女が僕らに気づいた。甲高い声を出し、手を振ってくる。「おい。おまえにだよ」と報（しら）せると、ツノダは急に顔をしかめ、そっけない感じで軽く手を挙げた。

「かわいそうじゃん。ちゃんと手、振ってあげなよ」

　エイコにいわれて、ツノダは「ええねん」と面倒くさそうにいった。

「友だちじゃないの？」

「いや。たまにここで会うだけや」

　僕は笑いをこらえるのに必死だった。

　あの子は定期的にツノダが寮に連れ帰る、セックスフレンドだった。いかにも男の興味をそそる、健康的な身体つきの女だ。彼女はカウンターの空いた席にひとり座って、生ビールを飲みながら時折こちらを見てくる。ひょっとしたら、彼女は本気でツノダのことを好きなのかもしれないといまさら気づいた。

「ねえ、ずっとこっち気にしてるじゃん。この席に連れてきたら？　わたしは全然大丈夫だよ」

　エイコにいわれてやっと重い腰を上げると、ツノダは黙ってカウンターのほうにいった。あいつは、こちらから表情が見えないよう女との間に割ってはいり、背をむけた。なにかを隠そうとしていることはエイコも感じとっているだろうと思った。

「余計なこといっちゃったかな」

　そういいながらエイコは悪びれた様子もなく、笑いかける。

　僕は「大丈夫だろ」といって、ツノダが置いていった箱から煙草を一本抜くと、火をつけて煙を吐いた。

「学校でもあいつってこんな感じなの？」

「そうね。フランス語の講義で同じクラスってだけだけど。でも、ツノダくんすっごい頭いいんだよ。出席日数で単位落としかけてるけど」

「え、うそ」

　僕は素で驚きの声をあげた。あいつが勉強してる姿なんか見たこともなかったし、想像もできない。地頭がいいというやつだろうか。

「セーイチくんはどこ大？」

「大学にはいってない。毎日、飴ばっかりこねてる」

　投げやりにいうと、つい、自嘲的な笑いまで浮かぶ。

「アメ？」

「ああ。食べる飴ね、あいつとは仕事場が一緒なんだよ。ツノダはバイト、俺は社員。でも要領いいから、こねるのはあいつのほうがずっとうまい」

ツノダは相変わらずカウンターで背をむけている。

なにをいったのか、女の舌ったらずな笑い声が響いた。背中からでも、ツノダがはやく切り上げて、こっちの席に戻ってきたいのが伝わってくる。たぶん、あの子はわざとああやってはしゃいで、あいつを引き止めているつもりだろう。

「音楽は？　やってるんでしょ」

「まぁ……ね」

なんだか馬鹿にされそうな気がしながら、斉藤ハルオに憧れていることや、バンドメンバーとうまくいっていないこと、先週はじめて路上ライブをしたことを話した。エイコがうん、うん、とうなずいてばかりいるので不安になってくる。

「ごめん。俺ばっか話して、つまんないよね」

「なにいってんの！　すごいよ！」

エイコは大声でいって「あ。ごめん」とはにかんだ。ちらっと、ツノダがこちらに振り返ったのを視界の隅で感じた。ランデル自慢のタンノイスピーカーから、フランク・

シナトラの歌声が流れはじめる。

「実はね。だれにもいったことないんだけど」

そう前置きして、

「わたし小説家になりたいんだ」

エイコは小声でいうと、いたずらっ子のような顔をした。

「そんな、小声じゃなくても……」

「こんなこと、あんまり人にいえないよ。彼氏にもいったことない」

そっか、と機械的に答えたが、「彼氏」というワードだけがざらついて耳に残った。むくむく膨らんだ風船を針で割られたかのように、突然テンションがすぼんだ。

この人と付き合っている男はどんなやつだろう。すくなくとも、餡なんかこねて毎日過ごしてるような男じゃないよな、と筋ちがいの被害妄想が浮かぶ。

「……いまも、小説って書いてるの？」

やっといった。かすれていたかもしれない。

「たまにね。こっそり」

「今度読みたいな」

「どうかな。書いてるのが完成したら、考える」

「彼氏にも……ちゃんと読んでもらったほうがいいよ」

　そう口にして、女々しいことをいうな、と自分に思った。エイコが目を伏せる。長い睫毛が際立って麗しく映るのが、余計やるせない。

「彼氏は……いいや。最近、あんまうまくいってないし」

　僕は黙った。なにかいって、これ以上なさけない気持ちになりたくなかった。二本目の、ツノダの煙草をくわえて口をふさぐ。そうでもしなければ、じゃあ別れなよ、とでも口走りそうだった。彼氏という存在をしってから、自分にエイコの小説を読む機会なんかないだろうとわかった。べつにどうだっていい。そんなことより無性に帰りたい。どうせエイコには相手がいる。そんな女と、やせ我慢して飲みながら、ひとり深みにはまっていくのがこわかった。嫉妬、そういえば簡単だけれど、僕にはこの感覚が複雑すぎて耐えられない。七回もチャンスのあった不在着信のどれかをとっていれば、こんなことにならなかったのに。

　フランク・シナトラの、太く、力強い歌がクライマックスを迎える。

「あ、この曲好き」とエイコが笑った。

「へぇ。曲の名前、知ってる？」

「えっと……」

僕は彼女の答えも聞かずに、ふらっと次の酒でも取りにいくような感じで、席を立つ。カウンターでまだ捕まっているツノダの肩を叩き「先に帰るわ」といった。

「なにいってんねん、急に」

「すまん」

「おまえ来て、まだ一時間も経ってへんやんか」

戸惑うツノダを無視して、僕はゲットーの立てつけの悪い扉を引いた。

「おやすみなさい」

ツノダの隣にいた女の声を背中で聞いたが、振り返らなかった。

外にでると、冷えた風が僕の寝癖をなでた。蹴飛ばしたいような居酒屋の看板。客待ちのタクシー。空車の赤いランプ。ボンネットに腰掛けて紫煙をくゆらすドライバー。酔った通行人。声と光の残像で、街は溢れている。寮までつづく「僕の道」。アスファルトの白線が、ゆるく、どこまでもくねって見えた。

＊

工場を辞めたいといわれたとき、はじめてあいつの眼差しをまっすぐ見た気がする。

わたしは「なにを馬鹿な」と吐き捨ててとり合わず、更衣室をでようとした。そのとき「宮本さん！」という声とともに、強い力で腕を引っ張られた。

その力でこねればもっといい飴ができるんだ。そう、怒鳴ろうと振り返ったら、あいつの深々と下げた後頭部があった。

「なんのつもりだ」

平然とした声がでた。内心は焦っていた。いつもの、仕事が嫌になって辞めたいという発作だと思っていた。あいつが不真面目だったとはいわない。けれども、どこかで自分の居場所はここじゃない、そう鬱屈しているのは明らかで、わたしはその性根をすこしでも直したかった。音楽をやりたくて上京してきたのはしっている。こっちだって、なにも一生ここで働けといってるわけではない。

ただ、目のまえのことも一人前にやれない人間に、音楽なんという大それたことで成功なんかできやしないという一心からだった。

「あの。俺も、宮本さんが飴づくりとむき合ってるみたいに、ちゃんと音楽にむき合ってみたいんです。だから――」

「勝手にしろ！」

最後まで聞くまえに、あいつの手を振り払うと作業場にはいった。日課として、まだだれも来ていない作業場の機械を入念に磨くのだ。

洗浄機を手にして気づいた。まだ、朝の六時にもなっていない。こんな時間にあいつが来たことなんか、それまで一度もなかった。

本気なのか。そう、ひとりごちたのを憶えている。

その日のうちに寮の荷物をまとめて、あいつはでていった。

どうせつまらないことに使うだろうと思って、渡していなかったこれまでのボーナスと、その月の給料を口座に振り込もうとして、「大した額でもないな」と一緒に銀行に来ていた妻に漏らした。

「だったらもっと振り込んであげればいいじゃないの」

そう笑っていた妻は先月亡くなった。

工場はもっとまえにたたんでしまっていた。

不景気なせいもあったが、後継者がいないことも大きかった。それまでわたしは飴と、親父から継いだ工場の経営で頭がいっぱいだった。妻に、なにもしてやれていなかったのだ。三年前に還暦を過ぎて、余生を妻と過ごそうと思った。おかげで妻の病気がわかるまえに、なんの未練もなく工場をたたみ、ふたりだけの穏やかな時間を過ごすことができた。

新婚旅行以来、久しぶりに訪れたヨーロッパはいつ思いだしても楽しい。しらぬ間にフランス語を習っていた妻の案内で見た、夕刻のモン・サン＝ミシェルにつづく、神々の往く路を照らす輝きはとくに鮮やかだった。そんな過去をなぞって、いまの日々を生きている。

工場の土地を売った金で寮をリフォームし、アパートとして貸しだした家賃収入での生活は、豪奢ではないにしろ悠々自適だ。いまはそのアパートの一階に自分も住んでいる。エレベーターがあるとはいえ、上の階で暮らすのは辛い。月並みだがわたしもかなり歳をとった。

網戸の窓から、秋風に踊る並木の葉の音が聞こえる。

熱い煎茶をゆっくり飲み干すと、玄関に立てかけた竹箒を手にして外へでた。空は青く、いわし雲が群れるように浮かんでいる。

こうやって時間は進んでいくんだな。この頃しみじみ実感する。その果てに、妻がいると思えばおそろしくもなんともない。むしろ子どものいない身の上、妻をひとり残すのではなく、見送ってやれてよかったと思っている。

「宮本さーん」

アパートのまえの落ち葉を箒で掃いていると、声がした。

顔を上げる。大学に通うため京都からでてきてうちのアパートで暮らしているオタヤくんが、興奮した様子で立っている。

「どうした。これから学校か」

　この珍しい名字の若者は、いつもわたしを見かけると気持ちのいい挨拶をしてくれる。以前の自分であれば、歳下からされる挨拶は当然で、うなずくだけでよいと思っていた。しかし「おはよう」を「おはよう」で、「お疲れ様」を「お疲れ様」で返すことの清々しさを、わたしは彼から教わった。

「そうなんです。でもそんなことより、ほら!」

　オタヤくんが押しつけてくるスマートフォンを受けとった。目を細める。老眼でぼやける文字になかなかピントが合わないが、なにかの抽選に当たったらしい言葉が並んでいる。

「なんだ。宝くじでも当たったのか」

　そう茶化すと、オタヤくんは生真面目に首を振って「ライブですよ。ライブ！　大好きなアーティストが三年ぶりの日本ライブを武道館でやるんですけど、そのチケットに当選したんですよっ」と熱にでも浮かされたようにまくし立てる。

　そういえばオタヤくんも、大学の仲間とバンドを組んでいると聞いたことがある。一度だけライブに誘われたこともあった。さすがにわたしはことわったが、そんな彼からすれば、好きなアーティストの演奏が見られるのは天にも昇るほどの幸運なのだろう。

「おめでとう。でも授業には遅刻しないのかい？」

そういうと、オタヤくんは「やべっ」とわれに返りスマートフォンをポケットにしまうと、落ち葉を踏みしめ駅に走っていった。秋がとおり過ぎれば冬がきて、あっという間に年が暮れる。そんなまだ見ぬ未来が、ふと、いまへとつながる過去と同じくらい愛おしく感じる。

とっくに姿を消したオタヤくんの背中にむかって、

「よかったな」と、つぶやいてみる。

本当に、嬉しかったんだな。あいつも、オタヤくんのような音楽への情熱が、いや。それ以上の想いでここから出ていったのだと、いまならわかる。

一度くらい、酒でも飲んでみたかった。まぁ、勝手にあいつは飲んだくれていたが。むくんだ顔をマスクで隠し飴をこねる、あいつの姿がすぐそばに浮かび、自然と笑みがこぼれた。

しゃがんで、赤く染まった落ち葉を拾う。大きく広げた掌のような形の葉は、ここが寮だった頃から唯一変わらずに外壁を覆う蔦の葉。

耳を澄ませば、秋の風が音楽を奏でているように聴こえる。

4

終了時間を報せる、壁のランプが赤く光った。

曲の途中でも、躊躇(ちゅうちょ)なく演奏をやめる。宮本さんの工場でもらえる安月給ではしかたない。ヤマグチとホシノの経済状況も似たようなものだ。

さっとタオルで汗をぬぐうと、ケースにギターをつめてスタジオをでた。受付スペースの隅では、自分たちの練習時間を待っているバンドが、煙草の匂いの染みついたソファに腰掛け談笑している。

東京だけで、いったいいくつバンドがあるのだろうか。答えの用意されない夢がわだかまっているのだろうか。受付で料金を支払うと「頑張れよ」のひと言もない無表情な店員から、

「次からはもうちょっとはやく片づけてください」と叱られた。

べつに時間をオーバーしたつもりはなかったけれど、他とくらべて安い練習スタジオだったこともあり「気をつけます」と答える。

僕らのようなバンドにとって、いかに安いスタジオで練習するかは重要な問題なのだ。こんなことで揉めて、目をつけられたくはない。

それでもやはり釈然としない気持ちを抱えながら、地下の練習スタジオから地上へ這うようにでた。乱立するビルはどれも、僕たちを見下して聳えていた。

「飯でも食ってく?」

そう誘うと、ヤマグチが、

「俺もうちょっと家で練習するわ」と殊勝なことをいう。

たしかに、さっき合わせた新曲ではリズムをうまくつかめていなかった箇所もあったし、ヤマグチなりの解釈による編曲を経ればもっとよくなるはずだった。

僕は「そっか」といって、ホシノに顔をむけると、

「俺、中華がいい」

と即答があった。こいつはもうすこし、バンドに心血をそそぐ必要がある。

途中まで三人一緒に歩きながら、次の練習日を決める。

東京にもすっかり慣れた。その証拠に、人とぶつかることなく、渋谷の中心を進むことができる。四月。新生活で上京してきた人間は、街中でもすぐわかる。それは、ちょうど数年まえの自分たちを見てるようなものだから。

ヤマグチとは「兆楽」という中華料理屋のまえでわかれた。この店も安い。一品一品にある程度の量があって、腹も膨れる。いつか、財布の中身を気にしない生活にたどり着くぞ。という決意を胸に一本の瓶ビールをふたりでわけ合って飲んでいると、

「あいつ最近、気合入ってるよなぁ」

ホシノが他人事のようにつぶやいた。おまえもいれろ、そういいたいのをこらえて、「そうだな」と相槌をうつ。たしかにこの頃、ヤマグチの音楽へのむき合い方はあきらかに変わった。このまえ三人でいった、しり合いのバンド主催のイベントを見たせいかもしれない。

そのバンドメンバーとは、大手レーベルの育成枠オーディションでしり合った。彼らも僕たちもオーディションに落ちて、レーベルの見る目のなさを嘆き合いながら酒を飲むことで意気投合したのだ。

そのときベースの男から、

「今度俺ら、イベントやるからきてよ」と誘われた。

会場は、大久保駅と新大久保駅の間にあるH・ハウスという、小さいが歴史のある箱だった。彼らの通う大学の、バンドサークルが主催するイベントらしかった。

当日は、サークルに所属するいくつかのバンドが順番に演奏していく形式で進んでいった。客としてきているのはほとんどが顔見しり同士のようでいくぶん疎外感を覚えた。

僕もヤマグチもホシノも、身を寄せ合うようにして、ドリンクチケットと引き換えに持った酒をちびちび飲んだ。どのバンドにもお調子者というか、喜んでMCを買ってでるメンバーがひとりはいて、演奏のまえにステージ上でおしゃべりする。僕ら三人にとってはまったくおもしろくないことでも、会場の客たちがどっと沸く。笑いが起こり、野次が聞こえ、またそれが新たな笑いを生んでいく。

一応、場の空気を読んで愛想笑いしていると演奏がはじまる。「東京事変」や「フジファブリック」のコピーバンドが人気らしい。あきらかにろくな練習をしていないバンドもいくつかあった。

もうすこし音響を調整すればいいのに、会場のスタッフもミキサーをちゃんと触ってないように見える。けれども最前の聴衆は、低いステージに足を片方かけて拳を突きだしている。もちろん彼らは学生であって、サークル活動の一環でバンドをやっている場合が多いだろう。それについて否定したいわけじゃない。ただ、演奏する側と、聴く側に一定の関係性があればライブは成立するのだという現実に違和感があった。流れる、調和のとれていない演奏への、自分なりの反骨もある。だが、合わせ鏡に映る自分が問いかけてくる。

そういうおまえには、いったいなにがあるんだ？

他者への批判と、自分への不信がリフレインするなかで、僕は、その場にやっと立っていた。

「でよう」

ステージの転換途中、そういったのはヤマグチだった。

「なんで」

会場の隅で酒を飲んでいる女のグループにちらっと目をやり、ホシノが釈然としない顔でたずねる。こいつは女が第一だからしかたない。

「ここは俺らにとって毒だ」

僕はうなずいた。そうだ。正しいとか間違っているとかではない。すくなくとも僕たちにとって、この空間は毒なのだ。たぶん。

名残惜しそうなホシノの腕を引っ張って、会場をでた。誘ってくれた男には「急用ができたから」といった。彼は「気にすんな」と答えた。考えてみると、ヤマグチの姿勢が変わったのはあの日からだった。

メンバーとしてはいい流れができつつある。

もう、ビールの瓶は空になっていた。中国人の店員が運んできた、できたての五目チャーハンとルース丼に、僕とホシノはそれぞれ食らいつく。使い古されたプラスチックのレンゲで、米をかき込んでいく。飯を食って、電車に揺られ寮にもどり、曲をつくる。歌詞を書く。

あとは、僕だ。

言葉を探す。

探す、といいながら、頭はできるだけ空っぽのほうがいい。

たとえば耳をよぎる風の音を、風の歌と受け止める感覚を研ぎ澄ます。脳を、楽器の一部と捉える要領。サビはストレートなほうがいい。「好き」という気持ちを難しくいい換えたところで、ただの「好き」という言葉の強さには敵わない。

けれど、聴き手をうたい手と同じ情景まで誘うための詞の道があってこそ、共通言語化した「好き」と、曲の世界はつながる。「好き」にたどり着くための道となる言葉を探している。

デスクライトの光が、暗闇のなかで手元を照らしていた。チラシ広告の裏面はのっぺりと白いまま。特価五九八円という文字だけが反転し透けている。才能という現実まで透けて見えそうな気分になってくる。

ため息をついて目をつむる。けれど、なにも浮かばない。ここまで空っぽだと、逆に問題だった。

もうすこし。あと、もうすこしのはずなのに。なにかのきっかけで「くる」予感はあった。ただその予感が、いつまで経っても現実にならない。


寝不足のまま工場までの道のりを歩く。

アスファルトには桜の花びらが、なにかの印のように落ちていた。朝、出勤のため駅へとつんのめって歩く人々に踏みつけられたピンクは、硬い靴裏に汚されて春の象徴ではなくなっている。翳(かげ)りのない青空が、むしろ重くのしかかってくる。

このまま電車に乗って、遠くの海にでもいってみたい気持ちをおさえ、工場の扉を開く。それだけのことが日々辛い。いや、それだけのことのくり返しが、一番辛いのかもしれない。

　作業着に着替えてなかへはいると、パートのおばさんたちが花見の打ち合わせで盛りあがっていた。まだラインはうごいていない。宮本さんが、時計を睨(にら)んで始業時間を待っている。ちらっと目が合ったが、僕はすぐに目を伏せた。宮本さんも、なにもなかったようにまた時計に視線をもどす。宮本さんとすれちがっても挨拶をしなくなって、一年が過ぎようとしていた。

　東京にきて、時間のスピードはあがったと思う。

　パートのおばさんたちはいれ替わっていくし、あのツノダも大学のゼミが忙しいといって、めっきり工場に顔をださなくなった。

　自分だけ立ち止まっている気がする。時間の密度が、すかすかになっているんじゃないかと不安になる。

「はじめます」

　宮本さんの声が聞こえ、始業のベルが鳴り響く。ラインの機械に電気が通る。気だるそうな音が徐々にスムーズになっていって、僕も、他の同僚も、宮本さんも歯車の一部になる。その、思考まで溶ける瞬間がたまに心地よくなっているのに僕は気づいている。

　収支とノルマにのっとって、製品を生みだすための歯車。

ミスはただの罪で、なんの特異点も必要としない。いっそ機械になれたら。そう思いながら、黙々と腕に力を込めて飴をこねる。

一時間もすればそんな思考さえ溶けてなくなる。

相変わらず、僕はゲットーで酒を飲んでいた。

さっきまでツノダもいたが、大学の同期から連絡がきたらしく「これから新宿で合コンやわ」とひけらかすように、まだ半分しか飲んでいないビールを残して店をでていった。そのビールを引き寄せ、考える。あいつは、ファッションも変わった。「も」とつけて、他にも変わったところがたくさんある気がするのだけれど、うまく言葉にできない。したくないのかもしれない。

「わたしがいるわよ」ランデルがいう。

「べつにあいつがいなくても関係なくここで飲むよ」

静かに、僕は反論する。

「だいたい、あいつ全然工場にもきてないいんだし、さっさと寮からでていくべきなんだよ」

「ああ見えて宮本さん、優しいとこあるからね」

わかった風なことを口にするランデルを睨んでみたが、すぐにうつむく。べつに彼女が悪いわけじゃないし、ツノダも悪くない。勝手に僕が苛ついているだけだ。目のまえのラムハイを舐める。ひとりで飲んでいると、アルコールのまわりがよくなる。そのほうがありがたかった。「どうせ俺は」なんて、気兼ねなく感傷的になれる。

煙草が切れて、近くのコンビニで買ってこようと席を立ったのと同時だった。カウンターの上に置いていた携帯電話が、ぶぅ、ぶぅ、と震えた。液晶画面には番号しか表示がない。

「もしもし……遅くにごめんね……」

女の声だったが、心当たりもなかった。

えっと——。そういうと「あ。エイコです。覚えてないかな？」と、電話のむこうからこちらの表情をうかがうようなか細い声がする。

「あ、あぁ。ひさしぶり……」

胸の鼓動が、こすれながら高鳴りだす。あの日。この店で飲んでいる途中に突然帰ってから、一度もエイコと会うことはなかった。まぁ、当然だ。古傷がジュクジュクと、疼くような気がした。

「ツノダくんに電話したら、なんかとり込み中みたいで……。セーイチくんに電話してって、番号教えてくれて」

あの野郎、ただの合コンじゃねぇか。舌打ちしそうになったが、エイコには関係のないことだと思い直す。

「それで……どうしたの？」

「あのね。ほんっとに申し訳ないんだけど、タクシー代を借りたいの。いま恵比寿にいるんだけど、ちょっと色々あって財布なくて。電車にも乗れないから……」

とっさに左手が、ポケットのなかをまさぐっていた。

カウンターに広げてみると、千円札が五枚、五百円玉が一枚、それに十円玉がいくつかある。ほっとする。恵比寿からここまでなら、なんとか足りるだろう。

「わかった。このまえの店、ゲットーで待ってる。わかる？」

「わかる。ありがとう……。助かる」

いまにも泣きだしそうなエイコの声を聞いて、電話を切った。半端に立ちかけた腰を椅子にもどすが、妙に落ち着かない。

ランデルが興味ありげに、

「どうしたの。にやついて」とからかってくる。

煙草を吸いたかった。けれど、買いにいけばタクシー代が足りなくなるかもしれない。金曜日だというのに、珍しくこの時間にみんな捌(は)けてしまっていた。店内の客は、僕しかいない。

「べつに。ねぇ、煙草くれない？」

黙って、ランデルはショートホープの小箱を差しだす。いつも吸っているのより濃い煙を吐きながら、はっとする。

「あのさぁ」

「なぁに」

ランデルもショートホープをくわえて、店のマッチをする。パッと、緑色の炎が広がって、間もなく白っぽい黄色に変わった。燐(りん)の匂いが、うっすらと残る。

「絶対返すから。今日の分、ツケてくれないかな」

「理由による」

「金が、ないんだよ」

「あるじゃない」

ランデルの視線がカウンターに散らばった千円札と小銭に落ちる。

「いや、そうじゃなくて……。これいまから使うんだよ」

「もうパチンコは閉まってるでしょう」

からかうようにランデルが笑う。

「だからさぁ……。エイコって、覚えてる？　ツノダの大学の」

「あぁ、あの感じのいい子ね。わたし好きよ。あんた、あのときさっさと帰ったじゃない」

「そう、なんだけどさぁ……」

ランデルの、青く澄んだ目が光ったように見えた。彼女は、僕がしっている人間のなかで、もっとも聡明(そうめい)な女性だと思う。だが、それと同じくらい、お人好(ひとよ)しなのだ。

「いいわ。その代わり、今度エアコンの掃除を手伝ってもらうよ。業者に頼むと高いのよ。見積もりはタダなんて嘘ばっかり」

僕は、ありがとう、という代わりに、「よかった。じゃあ、もう一杯おわかり」といった。

「ほんと、あんたって……」

呆れながら、ランデルはなにか、つぶやいた。え？　と聞き返すと、

「Junge」

「ユンゲ？　なにそれ」

「日本語だとお坊ちゃん？　つまり、ハナタレって意味よ」

そういって、次のグラスをカウンターに置いた。


なかなかエイコがこないので、痺れを切らし表にでた。ゲットーのざらついた外壁に背をもたれて、ランデルが餞別にくれたショートホープに火をつける。人々が左右から交差し、それぞれの目的地へと別れていく。スナックの店看板がチカッ、チカッ、と点滅をくり返す。何台かタクシーが通ったが、そのどれにもエイコは乗っていなかった。かはじめ彼女の身を心配していたが、それは不安に形を変え、すぐに怒りとなった。からかわれた。あの日、さっさと帰ったことへの腹いせだ。でももう、ずいぶんまえのことだぞ。くそったれ。だいたいなんで僕に連絡してくる。友だちなら大学にもいっぱいいるはずだ。そう思って、唾を吐いた。通行人が怪訝な顔をむけてきたが、かまわなかった。壁から背中を離すと目のまえにタクシーが停まった。

扉が開く。エイコがシートから降りようとして、すこしふらついた。

慌てて駆け寄ると、

「なかなかタクシーがつかまらなくて」

そういって謝るように、エイコは目を伏せた。

「いや。いいんだ」

僕は彼女の、熱くなった腕をつかんで運転手に金を払った。二十円足りなかったが、まけてくれた。領収書を受け取るとき「大事にしてやんなさいよ」と運転手にいわれた。扉が閉まりタクシーは走り去った。その、遠のいていくテールランプを見送っていると、エイコがおかしそうに笑う。

「わたしたちのなにを知ってんだよって。ねぇ？」

彼女の「わたしたち」という響きが、共犯者になったようでくすぐったい。まだクスクスと笑っているエイコに、

「どうする、まだ飲みたい？」と一応訊いてみた。

飲むのなら、僕にはゲットーしか選択肢がない。

「もう、お酒はいいかな。眠いんだぁ」

エイコの酔った瞳と目が合って、彼女の腕をつかみっ放しだったことに気づく。そう、といった僕の声が、夜空に吸い込まれる。

勇気を振りしぼって、歩きだした。

エイコも黙ってついてくる。背後で、ザッ、ザッ、ザッ、と靴底がアスファルトにこ

すれる音が鳴る。いつもの街の灯りのはずなのに、そわそわして恥ずかしい。三十秒に一度、不安になって振り返る。そのたび、彼女は「だるまさんが転んだ」でもしているように立ち止まって、首をかしげる。右耳のピアスが揺れる。

はじめて会ったときとちがって、肩まで伸びたエイコの髪が、深い夜の春風にそよぐ。指で梳いてみたら、きっといい気持ちだろう。

うしろを歩くエイコは息を潜めているみたいだった。僕の背中が、いっぱいに彼女のうごきを感じようとしていた。目のまえの景色はただの惰性で、僕を隔てたうしろの世界こそ、彩りをもっている。そんな気さえしてくる。

彼女が、僕の名前を呼ぶ。

「セーイチくん」

「……ん？」

「なんでも、ない」

エイコが小走りで近づいてきて、そのまま、僕を追い抜いた。

したがって、認識する世界が、前方へと移行する。彼女が履いているスニーカーのうしろには、コンバースの星型のロゴがついている。ゆるやかにハの字を描く、白い脹ら脛の行方を見守る。電柱にスプレーで落書きされたマークや、閉店したドラッグストアく。

の不気味さ。いつもの光景なのに、そのどれもが意味を宿しているように、目に焼きつ
二股に分かれた道に突き当たった。

エイコが振り返らずにたずねる。

「どっち?」

「……右」

「ふーん」

僕たちは、着実に純情商店街から遠のいていった。

道の両脇に並ぶ家々はとっくに寝静まっていて、どこかうしろめたさが滲む。夜中、学校のプールにでも忍び込んだような感覚。次亜塩素酸ナトリウムの匂いが、いつかの記憶と一緒に、鼻の奥で立ちのぼる。

——したい?

ぽつりと声がした。

彼女の華奢(きゃしゃ)な背中からはなにも読み取れない。肌ごしに、エイコの考えていることを全部しりたかった。

「え、あぁ……うん」

なんと答えればいいか。

迷った挙句、僕は本当のことをいった。

「そっか。でも、今日はだめなんだ」

見あげると、電線に区切られた満月の光が降ってきた。

彼女に対して、じゃあなんでついてきたんだ、とは不思議に思わなかった。ただ、すこし寂しくなって、胸がキュッと痛んだ。自転車に乗った警察官が、胡乱(うろん)な目で僕たちを一瞥(いちべつ)してとおり過ぎる。

「わたし、堕ろしたばっかだから」

「えっと……。子ども……ってこと？」

慎重に、言葉を吐いた。

「そう」

「付き合ってる人の？」

「正確には、付き合ってた人との」

エイコの背中がかすかに震えている。

いっそう、鼻の奥で次亜塩素酸ナトリウムの匂いが強まった。あるいはもっと奥。感情というものから、この匂いは分泌されているのかもしれなかった。

「なんでこんな生き物なんだろうって、思うよね。今日だって、もやもやして、クラブで飲んでたら変な男と盛りあがっちゃって、気づいたらそいつのマンションにいてさ。いっつも、そう。なんか、飛んじゃうんだ。こわくなって……トイレに逃げ込んで、セーイチくんに電話したの。バッグとか全部置いてきちゃった。なんか、大学の友だちには、連絡する気になれなくて」

　エイコの声は涙でかすれ、途中から完全に泣いているのがわかった。なにか声をかけたかった。けれど、なにもでてこない。いつも僕はこうだ。

「ツノダだって大学の友だちでしょ？」

　やっと言葉をだした。すると「あ、ごめん」といって、

「さっきのは、嘘。ツノダくんに、無理やりセーイチくんの電話番号教えてもらったの。ツノダくんは、なんか教えたくなさそうだったけど」

　そういって、彼女は振り返ってくれた。八重歯を見せて、泣き笑っている。頰についた涙の線が街灯に反射している。

「ずるいの。わたし」

　僕は首を左右に振った。

「ずるいんだよ。いまも、セーイチくんにずるくないって否定してもらうためにずるい

って言葉にしてるんだもん」

　また僕は首を振る。でもこれは、エイコのために否定してるわけじゃなかった。あくまで自分のためだ。僕は、エイコはずるくないと思うことで、自分もずるくないと思いたいだけかもしれない。

「あ。あの……」

　エイコは僕をじっと見る。

　潤んだ彼女の瞳に、月の光が宿っているみたいだ。

「俺の父親さ」

　もう一人の自分が、これからわけのわからないことをいうんだろうと予感する。

「ほんっとにクソ野郎でさ。俺が小さい頃、お母さんと俺のこと置いて、女と消えたんだ。いまだにどこにいるのかわからなくて」

「うん」

　エイコが静かにうなずく。

「お母さんのことどうでもいいことで殴ったりしてたやつで。なんでそんなことするのかわからなかった。でも、最近ちょっとわかるっていうか。昔東京にいたらしいんだけど、きっと何かを諦めて田舎に戻った自分が許せなかったんだと思う。もちろん、誰であっても殴っちゃいけないんだけど」

「……それで？」

首をかしげたのと同時にまた、彼女のピアスが揺れる。

「いや、なんていうか。けどそんなやつが父親じゃなかったら、俺は音楽やってないっていうか、そんな人間になりたくないからまだ東京にいるっていうか……。だから、エイコにも会えたわけで……」

そこまでいって、「ごめん」といった。自己嫌悪。結局、僕は彼女になにを伝えたかったんだろう。言葉に困って、エイコの顔から視線を逸らした。沈黙の間で、春の虫の鳴き声が大きくなる。

「わたしね。ツノダくんに頼んでセーイチくんの曲聴かせてもらったの」

「え？　いつ？」

「セーイチくんとはじめて会ってからすぐ」

あいつ。そういえば、音楽なんて興味のなさそうなツノダが、急に「おまえの曲、なんかに入れてちょうだいや」というのでライブのときに売ろうと用意したＣＤを一枚渡したことがあった。エイコから頼まれていたのか。

「………」

僕が黙っていると、

「最高だったぁ！」

エイコは叫ぶようにいった。そのまっすぐな言葉に僕は震えた。嬉しくて、今度は僕が泣いてしまいそうだった。直截（ちょくせつ）な言葉でこうも自分が救われるとは思ってもみなかった。

「ていうか、セーイチくんの家って、まだ着かないの？」

「あ、ごめん。もうとっくに過ぎてる」

「なんでよ、じゃあいってよ！」

エイコが僕の、Aカップもない胸板を小突く。場違いだとわかっているけれど、とても幸福な気持ちにつつまれる。

「口でだったら……できる、かも」

その、彼女のちょっとかすれた声は耳触りがよかった。

「いや。いいよ」

本当はエイコのことを、いますぐ抱きしめたかった。めちゃくちゃにしたかった。けれども、そうやって僕が満たしたい欲求は、セックスという快感の他にあるはずだった。子どもを堕ろした。その言葉を記号としてわかっても、ちゃんと意味を経験として咀嚼できていない。ただ無性に、彼女のぬくもりに触れたかった。性欲ともちがう、はじめての感情が、彼女の体温を激しく求めていた。

「それより……明日俺が起きるまで、一緒にいてくれないかな」

そう、口にしていた。

「なにそれ」

おかしそうに笑って、

「わかった。眠るのは得意だよ」

エイコはそっと僕の手をにぎった。

5

「おやすみのキスは？」

窓枠によって模（かたど）られた四角い月明かりがエイコの顔を照らしていた。肘で、上半身の体重を支える。五千円にも満たない破格のパイプベッドが、その値段なりに軋んだ。まどろんでいるのだろう。エイコの唇は艶めいて、半端に開いていた。その隙間から、白い前歯がかすかにのぞいている。

ゆっくりと僕は唇を合わせた。ん、と声が漏れて、唇を離すと目をつむったまま、満足そうに微笑むエイコの顔がある。

部屋の外は、静かに脈動しているようだった。

世界に僕と彼女だけしかいないとしても生きていける気がした。もしそうなったとしても、悲しくはないという自信があった。浮かれてるんだと、だれかにいわれても平気だ。最近、そういう歌詞ばかり頭に浮かぶ。彼女のぬくもりのせいだと思う。

タオルケットのかかった、ゆるい稜線(りょうせん)が上下している。

梅雨はとっくに終わり、夏の匂いがせまっているはずなのに、夜になると肌寒い。冷夏、というやつかもしれない。扇風機は部屋の隅で放置されたまま、放射状に張ったガードの骨には埃がたまっている。

エイコは、週末のほとんどを僕の部屋で寝泊まりするようになった。ゲットーで一緒に酒を飲んだり、そこにツノダが加わったりして過ごしている。音楽ではなんの結果もでていないのに、充実していると感じさせる力が、エイコにはあった。つくる曲に関しては以前より明るいメロディが多くなった気がする。そして曲ができるたび、カセットテープに吹き込んではエイコに渡した。

ベッドに、自分の体重をあずける。

まるでもとあった場所にもどるように、エイコの身体が僕にくっつく。目を閉じる。本格的に夏がくれば、公園の芝生でこうやって寝転ぶのもいいなと思う。こぢんまりした場所じゃなくて、代々木公園とか、世田谷公園のように、空がどこまでも高いと感じられる広いところがいい。そこで夏の、暑い空気を浴びながら汗だくになろう。無邪気な子どもたちの声を聞きながら、暑いね、と当たりまえのことを、当たりまえにエイコといい合おう。

「寝た？」

わかっていてそうたずねた。

安心しきった彼女の寝顔。その隣に、ずっといられるだろうか。ずっといるということは、結婚したりするのだろうか。できるのだろうか？

気がはやいな、とひとり苦笑する。というか余計な心配だ。僕と結婚なんて、エイコらしくないような気もする。

ビールでも飲みたくなった。

さっきまで、散々ふたりで飲んでいたはずなのに。

キャッ、キャ、と背後のシート席で子どもが騒いでいる。

普段は渋谷にあるわりに落ち着いた喫茶店なのだけれど、今日はやけに混んでいてうるさかった。テーブルのむかいで、目をつむったヤマグチがイヤホンで音源を聴いている。ツノダに見張りをさせて、寮の共同風呂で録音した新曲のデモ。ヤマグチの隣で、ホシノは眠そうな顔で煙草を吸っている。

いつもふたりが新曲を聴くとき、僕は目のやり場に困った。じっと表情をうかがっているのもちがう気がして、しかたなく二階の窓からセンター街をいき交う人々の髪の色を眺める。

黒。黒。金。黒。緑。ピンク。

頭のなかで、色をカウントしていく。ふと、血管を流れる赤血球のイメージ映像が浮かぶ。大動脈が、まっすぐ伸びるセンター街の大通りで、そこから毛細血管のような路地につながる細い小道に、人々が流れていく。ぐるぐる、ぐるぐる。身体を循環する血液と一緒。渋谷という街をさまよって、人は、ぐるぐる巡る。黒が赤血球で、金は白血球。緑は血小板で、ピンクはがん細胞の欠片とか。

なんでこんなこと想像してるんだとおかしくなって、昨日エイコの借りてきたＤＶＤが、やたら血の飛び散るゾンビ映画だったのを思いだした。新幹線のなかで、ゾンビたちと人間が闘うという設定の韓国映画。うようよ襲いかかってくる血まみれのゾンビたちを見ていて、エイコが「なんか、新幹線が血管で、ゾンビが赤血球みたいだね」とつぶやいた。それから赤血球ってどんなのだっけ、という他愛ない会話に発展して、ふたりで思い思いの赤血球をチラシの裏紙に描き合った。

僕もエイコもどちらが正しい赤血球の形かがわからず、途中からいびつな円形に耳が生え、目まで加わりはじめた。やがて、お互いの顔を描くのはどちらがうまいのか、という勝負になったが優劣はうやむやのまま終わった。僕たちは壊滅的に絵が下手だったのだ。だから、僕がいまイメージしている赤血球のフォルムも、かなりいい加減だった。

ヤマグチが両耳からイヤホンを外した。

いつもなら、「なんで十六ビートなんだよ。こんなの日本じゃウケねぇよ」とか「ストリングス効かせられたらもっとよくなりそう」などと、なんらかの感想をいうのに腕を組んだまま黙っている。口論になることもよくあったが、ヤマグチの楽曲センスには膨大な知識の裏打ちがあって信頼できた。

「……で、どうだったんだよ」

そう訊いても、ヤマグチはなにもいわない。

どこか虚(うつ)ろな表情。目は合っているはずなのに、僕のむこう側を見ているようで気味が悪い。恐ろしくマイペースなホシノもさすがにヤマグチの妙な様子に気づいたのか、煙草を消して、僕とヤマグチの顔の間で交互に視線を揺らしている。

「このまえ連れてきてた子、元気してんの」

ぽつりとヤマグチはいった。

エイコと付き合って、もうすぐ三ヶ月が経とうとしている。とっさに「まぁ元気だけど」と答えてしまったが、だからなんなんだ。

「そっか」

ヤマグチがふっと笑ったように見えた。

そうして次に聞こえた台詞(せりふ)に、耳を疑った。

「俺バンド辞めるわ」

「……はぁ？」

先にホシノが腑抜(ふぬ)けた声をだした。

僕は僕で、思考を整理できず、固まっていた。

閉じるのを忘れた唇がみるみる乾いていく。

理由――。理由は？　そう口にしようとして、バンドを辞める理由なんていくらでもあることに愕然とする。

たしかに、一週間まえ高円寺で演奏したライブは、途中まで最悪だった。このところ息が合っていたはずのヤマグチのドラムはリズムが微妙に狂って収拾がつかず、ホシノのベースもそれに釣られたのか乱れ、全然鳴っていなかった。うたっている最中やけになった僕は、もうすべてぶち壊したくなって、もともとの歌詞も、コードも無視して好き勝手に頭に浮かんだ言葉を叫んだ。客席に唾を吐いた。喉が潰れそうだった。それでも僕は叫んだ。こんなバンド解散したほうがいいと本気で思った。

すると、背後からヤマグチのドラムが食らいつこうとしているのがわかった。あとで考えれば稚拙なコードだったかもしれないが、それを起点にホシノのベースも生き生きと鳴りはじめる。

あのとき、まさに僕らは空っぽだった。

空っぽなのに、僕の口からは詞が生まれ、ヤマグチとホシノの演奏とがっちりはまっていた。気づけばライブは終わって、身体中を濡らす汗だけが残っていた。数えるほどしか客はいなかったけれど、久しぶりに満足のいく演奏ができた。ある意味において、あれこそが「ライブ」だったと思う。

照れくさくてこれまで誘ってなかったエイコも、そのライブを見にきていた。彼女は、「セーちゃんたち天才だよ！」と楽屋にきて興奮していた。あれは恋人からの偏った感想だったにせよ、客観的にもいいライブだったと自負している。

だから。余計に飲み込めない。

どうしてヤマグチはこんなにも穏やかな顔で、「辞める」なんて言葉を吐けるのだろう。これじゃ、なにもいえなくなってしまうじゃないか。

「帰ることにした。新潟に」

落日が、ヤマグチの右頬を真っ赤に染めあげている。

「新潟の美容室に転職する。もう、決まってんだ。先月面接いって受かった。俺らも歳だしさ、いつまでも夢だけ追ってられんだろ。おまえだっておばさん待ってるんだからそろそろ――」

ヤマグチがいい終わらないうち、拳に鈍い痛みが走った。

床に倒れたヤマグチの口元から血がにじんでいるのを見て、自分が殴ったのだと気づく。大した動作もしてないのに息が乱れている。

父親のこともあって、僕はこれまで人を殴ったことなどなかった。思ったより人間の顔面は固かった。そして、僕の拳はよわい。指の関節がずきずきと痛む。なのに、悔しさに似た感情は一丁前におさまらない。

殴った勢いでこぼれたコーヒーが、ヤマグチの白いティーシャツを汚している。胸ぐらをつかんで引き起こし、もう一度殴ってやりたかったが、身体に力を込めると涙がでそうでどうしようか迷う。

店中の呼吸が止まって、僕らに視線が集まっていた。ぎゃあっと泣きはじめた子どもの声を合図に、我に返った店員が駆け寄ってくる。

「おい！　こいよ！　なんかいえよ！　殴り返してこいよ！」

ホシノと店員に両脇を抑えられながら、僕は吠(ほ)えた。

ヤマグチを引き止める勇気も責任も持てない僕には、吠えることしかできなかった。もどかしかった。切なかった。なさけなかった。

「じゃあな……」

そう、聞こえたような気がする。

ヤマグチは目を伏せたまま、一万円札を置いて店をでていった。

こんなにいらねぇよ、と思いながら、心のどこかで腑に落ちていた。この数ヶ月間の音楽へのむき合い方。あのライブでヤマグチが食らいついてきた理由。それらすべて、オセロの端から端が一気に裏返るようにつながった。まだ泣き喚く子どもの声が、まるで水のなかで聞いているように、ぐわんぐわん鼓膜を揺らした。

身体の奥が震える。

音が振動であるということを、改めて実感する。

「悔しくねぇのかよ」

大音量で流れるダンスミュージックにかき消され、僕の声はホシノまで届かない。音で完全に満たされた空間は無音に似ている。ホシノは濁った目をきょろきょろとうごかしながら僕から離れ、飛びまわる蠅(はえ)みたいに女の間をいったりきたりしている。

女の肩をホシノが叩いた。

ふたり組の片方が振り返り、挑戦的な目でホシノを見る。なにかホシノが耳元でささやく。女が笑う。そんなシーンが、点滅をくり返す視界のなかで、コマ切れに進んでいく。スーツを着た男が汗を散らしながらホールの中心で踊っていた。リズムを無視したダンス。女は、ホシノが腰にまわそうと伸ばした手を慣れた様子で払う。

クラブをでて、コンビニで買った缶ビールを飲みながら歩いた。いくら飲んでもうまく酔えそうになかった。

そろそろ終電なのに、街をいき交う人々はまだ野心を抱えた表情で、駅と反対側にむかっていく。道端に赤い斑点がこびりついている。

血かと思って目をこらすと、それは散らばった薔薇の花弁だった。踏みつけられて、黒っぽく変色しているものもある。すこし先に、這って、力尽きたような茎の部分が無残に落ちている。俺たちと一緒だな、そう思った。

「あぁ。どっかにゆるい女いねぇかな」

ホシノがつぶやく。

夜空は錆びついているみたいだった。オレンジをにじませて、汚かった。飲み切った缶を自動販売機脇のゴミ箱に無理やり押し込んだ。近くにあった公衆トイレに入る。蒸されたようなアンモニア臭がつんと鼻を刺してくる。

こんな日でも小便はしたくなるし、腹も減る。眠くもなる。

当たりまえのことが、ひとつひとつ僕を突き刺してくる。あのとき自分は、抑えつけてでも、ヤマグチを引き止めるべきだったんじゃないのか。そんな考えが浮かんで、意図的にかき消す。手洗い場の壁にもたれてホシノが鼻歌をうたっている。

さっき、僕がふたりに聴かせた歌だった。便器に飛沫が当たって、アルコールの甘ったるい匂いが立ちのぼる。

ジーンズのチャックをあげて、でようとした瞬間だった。

ドン、と鈍い音が響いた。

嫌な予感がした。急いで駆け寄ると、手洗い場でホシノがうずくまっていた。鏡が割れて、ホシノの手の甲からは、真っ赤な鮮血がだらだらと流れている。

「なにやってんだよ！」

「悔しいの、自分だけだとか思ってんだろ?」

ホシノの額から汗の粒がいくつも吹きだしている。

「はぁ!?」

「俺だって……俺だってなぁ……！」

いいかけて、ホシノが嗚咽(おえつ)する。

「あんなこといってたけどなぁ……。あいつ、おまえのつくる曲が好きなんだよ……」

わかってる。

わかってるよ。

そういいたかったけれど、声にならなかった。

ヤマグチの父親が先月脳梗塞で倒れたことも、音楽と同じくらいあいつが美容師という仕事に真剣にむき合っていたことも、わかっている。だからこそ悔しかった。なにもできなかった自分。ヤマグチの人生を背負えなかった自分が、もどかしくてしかたない。

「痛(いて)ぇ……。痛ぇよぉ……」

ホシノの肩が震えている。

「泣くなよ。みっともない」

「ごめん……」

「……謝ってんじゃねぇよ……」

そのとき、人の気配がした。

まだうなだれているホシノを力ずくで立たせる。

「おい逃げるぞ!」

そういって公衆トイレを飛びだしたものの、自分たちがいったいどこにむかおうとしているのか、わからなかった。ただやみくもに、まばゆい街を息のつづく限り走った。

等間隔につづく街灯。

ホシノとは駅で別れ、線路に沿って寮までの道を歩いた。

「タクシーに乗って帰れる身分になりてぇなぁ」

そんな独り言が漏れた。どこまでも家々は並んでいる。いつか、こんなデジャヴュを経験したような気がする。高架上で待機している、無人の電車。ほのかに照らされた『止まれ』というアスファルトの文字。

こんなはずじゃなかった。

小さなライブハウスでうたった曲がプロモーターの目に留まり、宅録の音源がラジオで流れるはずだった。それをレーベルの人間が偶然聴いていてスカウトされるはずだった。デビューシングルの売上げはそこそこでも、コアなファンには刺さり、次のシングルとはいわなくともアルバムで完全に火がつくはずだった。

僕らはそちら側の人間なんだと、根拠もなく信じ切っていた。

リッケンバッカーの六本の弦を全力でかき鳴らしてれば。いつの間にか斉藤ハルオみたいに武道館のステージに立てると本気で信じていた。その僕のうしろにはいつもヤマグチとホシノがいて。それは世界に音楽が在るのと同じくらい、当たりまえのことだった。なのに。

結果として、三人での最後のライブとなった日の打ち上げ後。

あの日も終電なんかとっくになかった。楽器を背負いながら、酔ってまっすぐ歩けない足でだらだら歩いていると、

「何年後かわかんねぇけどさぁ。俺、回らない寿司ってやつ食ってみたいんだよね」

そう、しみじみヤマグチがいった。

「なんだよそれ」

僕が突っ込むと、ホシノもだらしなく笑う。たぶん。この景色はかけがえないもので、この時間は、とり返しがつかない。

僕らはいつまでも、忘れずにいられるだろうか。わからない。けれど、なにがあっても、僕らが三人でこの景色のなかを歩いていることだけが、本当なんだ。

あのときそう思ったことを、いまのいままで忘れていた。僕は救いようのない、馬鹿野郎だった。

なのに。音楽をやめられない理由。

それはいつだって寂しさだ。

「なんでおまえがいんだよ」

寮に帰ると、僕の部屋でエイコとツノダが時期はずれの鍋をつついていた。空になったチューハイの缶がすでに五、六本床に転がっている。

「遅いよ」

エイコは怒っているみたいだった。こんな時間に帰ってきた僕のことを疑っているのが明らかで、ついおかしくなって笑った。

「なに笑ってんの」

「エイコちゃん、おまえがファンの子とやらしいことしてんちゃうかって、ホンマに心配してたんやで」

「もう！　それいわないでっていったじゃん！」

慌てるエイコに背をむけて「俺にファンなんていないよ」という。

「いたじゃん！　このまえライブのアンケートに頼んでもない連絡先と写真つけてきた女、いたじゃん！」

シャツを脱いで、ハンガーにかける。

タンクトップになって「そうだっけ」と、とぼけてみる。こんなにも、この部屋はあたたかかったのか。鼻水が垂れて、手の甲で拭う。「あれ、花粉症かなぁ」と、下手くそないい訳が口をつく。

「おい。エイコちゃんがあんましこわいから、こいつ泣いてんで」

「え、うそ？　ごめんセーちゃん。そんな、そこまで本気で怒ってるわけじゃ……」

「ヤマグチが……新潟に帰るっていうんだ……」

　ほぼ具もない季節外れの鍋から、木綿豆腐を器用に箸でつかみながら、ツノダが「ちゃんとお別れせんとな」という。

「……うるせぇ。おまえはずっと留年しとけ」

「なんでやねん！」

　ツノダは一時期テニスサークルの活動にいそしんでいたが、結局浮ついたノリに馴染めなかったらしく、いまは大学にもいかなくなって留年が決まっていた。そのくせ工場にも顔をださず、ぷらぷらしている。

「じゃあわたしも留年しよっかなぁ」

　そういったエイコの顔もいつの間にか涙で濡れ、耳まで真っ赤になっている。

「なんでエイちゃんまで留年すんの」

「だってぇ……」

　無理に笑おうとするエイコにティッシュを渡す。

僕には、居場所がある。まだ頑張れる。音楽で成功する。この街でやっていくんだ。

ツノダに黙って差しだされた小皿からは、優しい湯気が立っている。

*

リョウタの泣き声で目が覚めた。

生まれて二ヶ月と十六日。毎日が奇跡だと感じる。

あの日。連絡を受けて会社から病院へ駆けつけると、「ホシノさん！　ホシノさん！」と看護師にほとんど怒鳴られるように連呼され、分娩室に入った。妻の身体からでてきたリョウタは体液にまみれ肌もしわくちゃで、正直猿みたいだった。

それなのに愛しさが溢れてくる。本当に自分が父親というものになれるのだろうかという不安は、気づけば吹き飛んでいた。いや。そんな不安に落ち着く余裕すらなくなっただけかもしれない。

助産師から受けとったリョウタはしっかりと重く、俺は、こいつのためならなんだってできると思った。こんな俺が、だ。疲れの色を浮かべながらも、この世でもっとも神聖な役目を成し遂げた妻の目からは、誇らしげな涙が流れていた。美しかった。

一日、一日。確実にリョウタは成長している。その隣にいられるだけで、幸せだった。

でも、たまの休日くらいは寝かせてほしい。

時計を見ると、まだ九時過ぎ。

掛け布団を頭までかぶろうとして、逆に妻から剥ぎとられる。

「もう。いい加減起きてよ」

リョウタを抱っこ紐で支え、仁王立ちする妻の姿を見てしかたなく上半身を起こす。

「そんなに寝癖つけてぇ。今日なにもないなら、髪でも切ってきたら？」

なにもないから、なにもしたくないんじゃないか。そう思いながらも、口にすれば妻から百倍返しに遭うとわかっているので、「そうねぇ」と曖昧な返事をする。母親に休日なんかない。わかってる。わかってるけどっていう、この感じ。きっと妻にはわかってはもらえないだろうな。

朗らかな日差しに、宙を舞う埃の粒が反射して光っている。開け放たれた窓のむこうには、真っ青な空が広がっていた。

「なんか、たくましくなったなぁ」

妻がリビングにもどっていったのを見計らってつぶやく。

子どもが生まれるまでは俺よりだらけた性格だったはずなのに、夜泣きするリョウタをあやして、ちゃんと毎朝起きて、家事をこなす。頭がさがる。恥ずかしくて、言葉にはしてないけれど。

「ほらぁ。はやくご飯食べちゃってよ」

そんな声に急き立てられ、ようやく寝室からでる。

朝食を食べたあと、しばらくリョウタと遊んだ。リョウタにぬいぐるみを近づけると、餅みたいに柔らかな手を伸ばしてくる。ご機嫌にはしゃいでるかと思ったら、脈絡なく宙空に視線をやって、なにか、俺たちには見えない存在と目が合ったかのような顔をする。笑う。うばぁ、と声をだして、リョウタが笑う。

こんなとき、俺はリョウタから、明確な愛をもらっているような感覚になることがある。親馬鹿だろうか。まだ「パパ」もいえない赤ん坊なのに。

昨夜ひどかった夜泣きのせいか、すこしでも成長しようとしている身体の生理のためか。三十分もしないうちにリョウタが寝てしまい、手持ち無沙汰になった。ベビーベッドの柵越しに、すぅ、すぅ、と小さな胸が上下するのを眺めていると、「もう開いたんじゃない?」と妻がいう。

「え?」

「美容室よ。十時過ぎたし」

「べつになんもいわれないよ」

「当たりまえじゃない。よくそんな髪して会社でなにもいわれないわね」

「あ、本気だったの？」

そういって振りむくと、妻の眠そうな顔があった。

なんだかんだいって、俺がいると気をまわすこともあるだろう。たまには俺がひとりでリョウタの面倒を見て、妻をどこかでリフレッシュさせてやりたかったが、まだその勇気はない。

「じゃあ、いってきますかね」

ひとつ欠伸をして「いってらっしゃい」といった妻は、クッションを抱き寄せ、もうまどろむ態勢にはいっている。

「リョウタの首が座ったら、どっかに遠出しような」

カーペットに寝そべりながら「いつになることやらねぇ」といった妻にタオルケットをかけてやって、俺は財布と車のキーを持った。

快晴。ラジオから、『ひこうき雲』が流れている。バケモノだと思う。十代でこんな伝説的な名曲をつくって、いまだに第一線を張り続けるアーティストの頭のなかはどうなっているんだろう。そんなことを思いながら、曲に合わせて鼻歌をうたう。

ゆるやかなカーブを曲がっていく。

信号なんてほとんどない道で、ゆったりとハンドルをにぎる。

曲が終わったタイミングでチャンネルを変えると、ＦＭ新潟でニューカマー・ソングの特集が組まれていた。オルタナティヴ系の、細部に工夫のほどこされた調べ。うまい。ハンドルに添えた右手の中指と薬指が、リズムに合わせ自然と踊りだす。なんというバンドだろうか。

もう、俺よりずっと若い世代が、第一線で活躍している。

思えばずっと遠くにきてしまった。

道のむこう、見渡す限りを覆う山々を眺めていると、センチメンタルな気分が押し寄せる。俺だったら、この曲の構成で、どんなベースを弾くだろう。なんて、淡く、甘えた夢想だとわかっている。

アクセルペダルを踏んだ足に、すこしだけ力を込めて、いつも切ってもらっている美容室を通り過ぎる。のろのろと進む前方の軽トラックは追い抜いた。いつかいこう、いつか――。そう思っていってなかった場所まで、今日はいこう。

駐車場に車を停めて店にはいると、ヤマグチが驚いた顔で俺を見た。

「おう」

「なにしにきたんだよ」

髪を切りに決まってんだろ。そういうとすぐに「ありがとうございます、お客様」とおどけてみせ、鏡のまえに並んだ椅子に案内される。

「日曜なのに、ぜんぜん客いねぇじゃん」

「うるせぇよ。昼からちゃんと予約はいってるっつうの」

で、どんぐらい切る？　そういったヤマグチと会うのは、二年前に催された高校の同窓会ぶりだった。もちろん、お互い地元にいるのはわかっていたが、特に連絡をとりあうこともなかった。

「金髪にでもしてみようかなぁ」

「なにいってんだよ、おっさんが」

「おまえもおっさんで金髪じゃん」

「俺は美容師だからいいんだよ」

「……ちゃんと、やってんだな」

つい口をついた言葉が、なんだか照れくさい。

東京から新潟にもどり、数年市内の大きな美容室で修業したヤマグチは今年、自分の店を開いた。風の噂でしってはいたが、なんとなく、顔をだすのにためらいがあった。

「聞いたよ、子ども生まれたらしいじゃん。ちゃんと父親してんの」

「いやぁ。どうかなぁ」

「俺はドラムスティックの代わりにハサミ持って、おまえはベースの代わりに赤ちゃん抱っこしているって思うと、ちょっと笑えるよな」

　そういって、ヤマグチは実際笑った。

　鏡越しにあいつの顔がよぎる。たぶん、ヤマグチも同じだと思う。ヤマグチがバンドを辞めたあと、俺は俺で、一年も経たないうちに新潟に帰った。

　もしあのとき、俺がバンドを辞めてなかったら。

　そんなことをいまだに考える。あいつと二人並んで、ヤマグチに髪を切ってもらっていたかもしれない。

　髪を洗い終えると、水気を軽くタオルで拭われる。

　鏡のまえに座り直す。ヤマグチは手際よく櫛で梳いて、濡れた髪を指で挟む。ザクッ……。ザクッ……。切られた俺の髪が、床に落ちていく。

「俺、禿げてきてない？」

「けっこうやばいな」

「え、マジ!?」

「嘘うそ。まだ大丈夫だよ。髪質もいいほうだし」

ヤマグチが軽快にハサミをうごかしていく。

そういえば、どんな髪型にするか、まだヤマグチに伝えていない。なのにヤマグチは迷いなく、俺の髪をどんどん切っていく。

「本当はさ。俺、ギターボーカルやりたかったんだよね」

唐突なヤマグチの言葉に、俺は「え？」と間抜けな声で聞き返した。鏡のなかのヤマグチは相変わらず、真剣な表情で髪を切っている。

「高校んときさ、あいつにバンド組もうっていわれただろ。そのときいったんだよ。俺もギターボーカルやってみたいって。そしたらあいつ、なんていったと思う？『いまはドラムできないから、俺がドラムできるようになったら考える』って。いまになってみれば、すげぇ何様だよっていい方だよなぁ」

「あいつらしいな」

「な。しかもあいつ、ドラム叩けたしな。俺のドラムにすげぇケチつけてくるしさぁ。じゃあ自分で叩けよって、何回いいかけたか」

「……でも、いいバンドだったよな」

俺がいうと、ヤマグチの手が止まった。

なにかを思い出しているようだった。

店内に、音楽は流れていない。代わりといったら変だが、正午のサイレンが響きはじめる。そういえば昔、『昼の合図』という曲をあいつがつくってきたことがある。なかなかいい曲だった。

「なぁ。先月号のロッキン読んだ？」

「読んだ読んだ。まさか、武道館でね」

「まさかだよなぁ」

「そういえば東京から新潟にもどるまえにさ」

そこまでいって、ヤマグチがひとり吹きだす。

「なんだよ？」

「いや。あいつ、いきなり彼女と一緒に引っ越しの手伝いにきたんだよ」

初耳だった。当時、俺は勝手にヤマグチと絶縁すると決め込んでいたし、意地っ張りのあいつがヤマグチを見送るなんて、絶対にあり得ないと思っていた。

あいつの口からも、そんなこと一度も聞いたことがない。

「でもあいつ、ぜんぜんしゃべんないの。ずっとむっつりしてる隣で、全部彼女が『セーちゃんが引っ越しの準備手伝いたいっていってて』とか、『これどうすればいい？』

とか代弁してさぁ。しかも、そのときまだ引っ越すのに一ヶ月ちょっとあったから、荷物詰められてもなぁって感じだったんだけど、なんかいいだせなくて」

ヤマグチは梳きバサミに持ち替えて、また俺の髪を切りはじめる。

「それでどうしたの？」

「したよ、荷造り。近くのスーパーで段ボールもらってきて」

「ウケるな」

「なぁ」

あいつと、あいつの彼女と、ヤマグチの三人が黙々と引っ越しの準備をしているところをイメージしてみる。音楽しかできなかったあいつのことだ。どうせ、鈍臭く皿を割ったり、なにかぶつけそうになったり、危なっかしい手つきで荷物を段ボールに詰めていたのだろう。

ヤマグチもとんだ迷惑を被ったわけだ。

「でさ。もう荷造りも終わりそうになって、いきなりあいつの彼女が『セーちゃんなにしてんの!?』って叫ぶわけ。どうしたって思ったら、あいつ詰めたはずの俺の荷物、またもどそうとしてて。なにやってんだよって訊いたら『やっぱだめだ。おまえ、新潟帰るな』って。俺も困っちゃってさ……。そのままあいつ、彼女に無理やり俺んちから連れだされて、それっきりだわ」

腰にかけたポーチに梳きバサミをいれると、ヤマグチがわざとらしく俺の髪をぐしゃっとかき混ぜる。

「あいつらが出ていってから、おかしくてひとりで腹抱えて笑ったよ」

本当は、泣いたんだろ？

そう思ったけれど、言葉は胸にしまった。

窓の桟に一羽の雀（すずめ）がとまり、チュン、チュンとさえずっている。忙しなく首をかしげ、物珍しそうに、店のなかをのぞきながら。

〈Remember〉

この美容室は、俺たち三人のバンドと同じ名前。

心から、いい場所だなと思った。

6

松陰神社のそばにある、「肉の染谷」でコロッケをふたつ買った。午前中、体調がよくないといって会社を休んだエイコにひとつ渡す。僕もエイコも、この店のコロッケが大好物だった。

公園のベンチに腰掛けると、早速エイコが頬張ろうとして、あつっ、と悲鳴をあげる。

「そりゃ熱いでしょ」といいながら、僕はキツネ色の衣を、包みのうえから半分に割る。噴き出すような白い湯気にむかって、さらに、ふぅ、と白い息を吹きかける。

口にいれるとジャガイモの甘みと挽き肉の旨味が広がる。

「セーちゃんばっかずるい」

そういって、エイコは頬を膨らます。被ったニットの帽子から、寒さで真っ赤に染まった形のいい耳がのぞいている。

「猫舌は猫舌なりにうまく食べるんだよ」

「なにそれ。全然かっこよくないんだけど」

やっと食べられる温度になったのか、エイコもほくほく頬張って、

「なんか、最近コロッケの味変わった？」と首をかしげる。

「いつもと変わんないと思うけど。まだちょっと熱あるんじゃない？」

「んー。もう平気なんだけど」

平日の昼下がり。先生に先導されて保育園から散歩にきたらしい子どもたちの幼い声が、園内の木漏れ日を震わすようだった。

ヤマグチが東京を離れたあと、一年足らずでホシノも新潟に帰った。上司からのパワハラが原因で東京にいることが辛くなったらしい。

ひとりになった僕は、もっと真剣に音楽とむき合う必要を感じ、宮本さんの工場を辞めた。東京にひとり残った孤独を、音楽に依存することで、紛らわそうとしているのではないかという感覚もあるにはあったとも思う。

寮から引っ越そうとしたものの、東京で住む場所を探すのは想像以上に難しかった。いや、部屋は腐るほど溢れているのだが、家賃がつらい。さらに光熱費や水道代がかかると思うとどうしようもなかった。

結果、我ながらなさけなかったが、エイコのアパートに転がり込むことにした。ツノダは「同棲なんてええなぁ。蜜の住処」とよくわからないことをいって羨ましがっていたが、胸の片隅で、常にエイコへのうしろめたさが踞っていた。たまに日雇いのアルバイトへいっても、日々の憂鬱に負けて、数日のうちに酒代となって消えた。これでは、飲むために働いているようなものだった。

留年もせず大学を卒業したエイコは、広告代理店に就職した。僕でも聞いたことのある大手企業。内定をもらい、嬉しそうに報告してきたエイコに対して、僕は「小説はもういいの?」と、口走っていた。エイコの顔が一瞬にして固まり、小声で「なんで、そんなことというの」といった。自分でもそう思った。エイコは僕に、だれよりも祝福して欲しかったはずなのに。

音楽シーンでは、僕と同世代のバンドやアーティストの一部が大きく活躍をはじめていた。そのなかには、いつかのライブで楽屋が一緒になったことのあるバンドもあった。彼らの側と、そうでない者たちとの間に明確な隔たりが生まれていた。音楽性やテクニックだけじゃない。音楽は歌詞や声、コード進行とそれに合わせて使用する楽器の音色が緻密に重なり合った総合力だが、すべてを打ち抜く「なんかいい」という感覚が、絶対の世界でもある。どうやったらそこにたどり着くのか。

僕はといえば、曲をつくっては路上ライブをやり、たまに吉祥寺や高円寺の小さなライブハウスでうたうのが精一杯だった。しり合いのバンドから加入するよう誘ってもらったこともあったが、いつの間にかにょきにょきと芽吹いた自尊心のせいなのか、どれも断ってソロを続けている。そんな音楽活動への焦りがエイコとの関係に侵食し、なんの罪もない彼女に対する感情までねじ曲げていく。

それでも、エイコは「セーちゃんの曲が一番好きだよ」といってくれる。いつか、世のなかに評価されると信じてくれている。

そんな人に凭れて寄生してるくせに、僕はもっとも卑しく、意地汚い言葉を吐いた。これじゃお母さんを殴っていたクソ親父と、なんら変わりがない。言葉で僕は、エイコのことを殴ったのだ。ごめん、ごめん、と何度謝っても、あの日の彼女はしばらく泣き止まなかった。

エイコは照れくさいのか、僕から隠れるようにして、喫茶店やファミレスでいまだに小説を書きつづけていた。

ただ僕からすると、夢と、現実との間で、結果的にうまく立ちまわっているように見えるエイコが羨ましくて、妬ましかったのだ。彼女のかすかに揺れる背中をさすりながら、あのときの僕は「ごめん」とくり返すしかなかった。

いつの日か、僕はエイコのことを幸せにできるだろうか。

それでもいまこのとき、コロッケを食べ終えて、「美味しかったね」と微笑むエイコを見ていると、なんとも満たされた気持ちになった。都合のいい生き物だった。

彼女の口元に、衣の欠片がついている。

「平日に休んでると、いつもの土日より得した感あるなぁ」

エイコが欠伸をして、はぁ、なんか腰痛い、とつぶやく。社会人らしい彼女の台詞がおかしかった。今朝方、すこし熱があるといって会社を休んだが、昼過ぎまで寝ると回復したらしい。月に一度同じように体調不良を訴えることがあったが、それだけ仕事が大変なのだろう。けれど僕みたいに曜日の感覚をエイコの存在でかろうじて保っている人間がなにをいっても励ましにならない。すでに彼女は立派に働いていて、社会に必要とされている。

「なに考えてんの？」

「いや。エイちゃん、大人になったなぁと思って」

「セーちゃんだって大人じゃん」

「そうかな……」

　エイコ以外だれが、こんな僕を見て大人だといってくれるだろうか。すこしまえまで自分がもっとも軽蔑していた人間に、いまの僕はなってはいないだろうか。

「今度、動物園にいきたいな」

　なんのまえ触れもなく、エイコは元気な声をだす。

　そんな彼女の存在に救われる。膝の上にあったエイコの手に、手を重ねる。僕の掌のなかで、彼女の冷えた手がもぞもぞとうごく。

「よし。いこう」

「ゾウ見たいの。めっちゃ大きな、アフリカゾウ」

「見よう」

「ライオンも外せないよね、やっぱ」

「そうだね。ライオンね」

「……セーちゃん、本当に思ってる？」

「思ってるよ。いつか、俺がちゃんと売れたら海外旅行にもいこう」

「うん！　でもね。セーちゃんが売れたら嬉しいけど、私はセーちゃんがいいと思う曲をたくさん聴けるほうが嬉しいよ」

そんなことをいってくれる彼女を持ちながら、現実の生活は一向に変わらない。

毎回、歌詞を書きあげ、曲をつくり終わったときには、これで世のなかが変わると思える。けれどもたいした発表の場もなかったし、あったとしても前座の僕の歌に、客席からは前座に対して気を使うのに適度な拍手しかなかった。

そしてそれは、当然客のせいではなく、自分の才能が鏡に映っているだけのことだ。

いつしか人まえで歌うことが、理想と現実のギャップを突きつけられる場としか捉えることができなくなっていた。曲ができても、曲を聴かせるのがこわい。

換気扇の下で、オイルの減ったライターを何度もこする。

もし火がついたら、爆発的にいいことが起こる。そんな中学生みたいな念を込めてしまったせいで、こするのを止めるに止められない。

「ねぇ、シャンプー切れてる」

浴室から、シャンプー、シャワーの飛沫にまぎれたエイコの声がする。

「え？」

聞こえているくせに、聞き返す。

「だから、シャンプーが切れてるの！　コンビニで買ってきてよ」

まだつかないライターに苛立っている僕は、

「ボディソープで洗いなよ」と投げやりに答える。

しばらく、沈黙。

そのあと、ガラッと浴室の扉が開く音がして、

「洗えるわけないじゃん！」

と、エイコの声が響く。

「冗談だって……」

いい訳して、しぶしぶライターをズボンのポケットにしまった。

コートを羽織って外にでる。冷えた風に、粉雪が舞っている。ぼんやりとしていた頭が、急に冴えて立ちくらみしそうになった。

アパートのまえでは金木犀の木が、夜空にむかって枝をのばしている。葉の間で咲き誇っていたオレンジ色の花は、とうに散ってしまっていた。秋の、まだあたたかかった季節が、図鑑で読んだだけのことのように、ずっと遠くに感じる。あの甘ったるい匂いを懐かしく思った。

僕はタートルネックの襟を引きあげると、顎を埋めた。その毛羽立った表面の繊維が、今朝髭を剃った肌に触れてチクチク痛かった。


踏切に立って、世田谷線の黄色い車体がとおり過ぎるのを待つ。

はやくしないとエイコに怒られるな、そう思いながら、カン、カン、カン、と心地いいリズムで鼓膜を揺らす警報の音を聞いた。点滅するランプをぼうっと眺めていると、ゆっくりピントがぼやけていく。発光する赤の残像が、視野のなかでじんわり滲みはじめた頃、ぶわっと強い風が吹いて驚いた。瞬間的にピントのもどった目のまえで、いくつかの疲れた顔を乗せた電車が走り過ぎていく。

ふと、視線を感じた。

隣で母親に手を引かれた女の子が、鼻の頭を赤くしながら、不思議なものでも発見したような目で、僕のことを見ている。遮断機があがるのと同時に、小走りで線路を渡る。子どもの不意に投げかける表情が苦手だった。

幼い頃の自分に、

「そんな大人になっちゃったのか」

と、いわれているような気がするから。

でも、いや、だからこそ。このままじゃ終われない。ここであきらめたら、あのクズ親父と同じになってしまう。

詰め替え用のシャンプーを買ってコンビニをでると、もときた道から家にもどるのが億劫で、まわり道して帰ることにした。まわり道といっても、そう距離に大差があるわけではない。コンビニの袋を提げて、車の交通量が多い環七通り沿いをぶらぶら歩く。口寂しい感じがして、片手でポケットから箱を取り出すと、煙草を一本くわえる。

風除(かぜよ)けのつもりで、すぐそばの建物に隠れてライターをこすった。ヤスリの部分がスパークし、パッと火花が散る。

今度は一発でついた。

ちょっと嬉しくなって顔をあげると、建物のガラスにうっすらとにやけた自分の顔が映っていた。気づかなかった。反射して映る僕の顔のむこうに広がるファミレスは、エイコが就職するまえまでよくデートで使っていた店だった。当時の僕らはふたりとも金がなかったから、このファミレスでドリンクバーだけを注文して、小説や音楽について何時間もしゃべった。

いつの間にか、エイコも斉藤ハルオのファンになり、僕は棚にある小説をほとんど読んでしまった。ふたりが重なり、同化していくことは、ある種の倦怠感にもつながっているような気がする。

そんなことを考えていて、ハッとした。

さっき踏切で隣り合わせた少女が、ファミレスのなかから、大きな窓ガラス越しに僕を見ている。それでやっと、シャンプーを買って帰るのを家でエイコが待っていたことを思いだした。

家に帰ると、「エアコン壊れた！」といって、髪を濡らしたままのエイコが騒いでいた。

「リモコンの電池切れただけじゃない？」

コンビニの袋をテーブルに置いて、僕はハンガーにコートをかけた。

「ちがうもん。さっきちゃんと新しいのにいれ替えたし。ほら、ほら」

エイコが、エアコンにむかって一生懸命リモコンを押してみせる。ピッ、とボタンの音は反応するが、いくら待ってもファンがうごきだす様子はない。

「本当だ。困ったなぁ」

「困ったなぁって、セーちゃん他人事すぎだよ。こんな寒いのに、風邪引いたら、会社いけないじゃん」

僕だって寒いのは嫌だし、そんな他人事として受け取っているつもりもなかったが、そうエイコに聞こえたのならしかたない。

「明日、業者に電話してみるよ」といって、

「それより髪どうしたの？」

と訊くと、わざとなのか、タイミングよく大きなくしゃみをする。

「セーちゃんが帰ってくるの遅いからシャンプーの入れ物にお湯足して使ったんだから」

そういって、僕の脇腹を小突くと、

「うわ。なんか太ったんじゃない？」

「全然身体うごかしてないからね」

「堂々といわないの。ちょっとはうごきなよ。あ、わたしもちょっと腰痛いし、一緒にウォーキングとかしちゃう？」

僕の腹まわりについた脂肪を、さらにつねろうとしてくるエイコの手を避けながら、「ほらほら。これ」と袋からシャンプーをだして見せた。なぜかため息をつくエイコに「なんだよ。せっかく買ってきたのに」とたたみかけると、

「わたし使ってるの、これじゃないし」

「え？」

「ノンシリコンのやつじゃないじゃん」

「……そうだっけ」

「セーちゃんもいつも使ってるでしょ？」

「あ、あぁ」

「あぁって……。もういいよ、明日自分で買ってくるから」

そういい残すと、エイコは洗面台にいって髪を乾かしはじめた。洗えればなんでもいいじゃないかと苛立ちながら、

「じゃあ、これどうすんだよ」というと、

「自分が使いなよ」

という冷めた声が、ドライヤーの騒がしい音のなかでもはっきり聞こえた。


エイコが出勤の支度をしている様子を眺めるのが日課だった。

朝、スマートフォンのアラームがけたたましく鳴ると、彼女は瞼をこすりながら「ねむぅ」とつぶやき、ふらふら洗面台にむかう。だいたいの場合、僕はまだ寝つけずにいる。エイコの体重がなくなった分、沈んでいたベッドのスプリングが引きあがる。それでいつも、ぬくもりには重さがあるのだとわかる。

顔を洗って大量の化粧水を肌になじませると、そのうえから保湿液を塗って歯を磨く。右手でしゃかしゃか歯ブラシをうごかしながら、エイコがベッドに腰を下ろすと、またスプリングが軋んで、僕はすこし安心できる。毛布にくるまったままの僕の手に、エイコの左手が重なったら、それをつかまえてぎゅっと握りしめる。そうして唇を近づけ、たまに舌で触れると「んんんっんんよ（くすぐったいよ）」といって、彼女は満足そうな目を僕にむける。

歯磨きが終わると髪を櫛で梳いて、化粧がはじまる。顔をキャンバスに見立てたお絵描き。調子がいいときは、ベッドから抜けだして、エイコの背後に立って眺める。鏡越しにできあがっていくエイコの顔。いつの間にか表情が昨日から今日に切り替わっていて、仕事のことでも考えているのか、すでに心はこの部屋にないように見える。

さっさとパジャマ代わりのジャージを脱ぐと、パンツスーツを着て「いってきます」と、手を振る。ガチャッと玄関の扉が閉まって、僕の「いってらっしゃい」という言葉が宙に浮く。

性懲りもなくまた仰むけになる。天井を見つめながら、俺の今日はいつ来るんだろうなんて一丁前のことを考えてみる。ベッドからうごけないのを低血圧のせいにして気を静め、やっと現れた睡魔に意識を預けると、次の世界はもう夕方だ。

なんのためにエイコの家に居候しているのか。

もはやそのいい訳のために、厚手のパーカーのうえからコートを羽織って、のろのろと外にでる。

空は赤く、どこか物哀しい色に染まっていた。冷えた空気を肺一杯にいれると、呼吸が下手くそになったのか、軽く咳(せ)き込んだ。

商店街には音が溢れている。人の声。いき交う車のエンジン。鳥のさえずり。駅前ビルを改装している音。それらのすべてを包むのは、電柱に据えつけられたスピーカーから流れる、この商店街のテーマソングらしい陽気な曲。耳をかたむけると、案外キャッチーな歌詞とメロディで構成されている。なにかの参考になるような気がして、しばらく聴きいってしまう。

専業主婦たちが白い息を吐きながら、買い物かごを肘にかけて青果店の軒先に並んだ野菜の値札を吟味している。買うつもりもないのに、僕も彼女たちに倣って発泡スチロールの中身を見る。

「特価」と書かれた値札の下に、綺麗なオレンジ色の蜜柑（みかん）を見つけた。なにげなく手に取って匂いを嗅ぐと、甘酸っぱい香りが広がる。

「お兄さん、いまそれ買いどきだよ」

店の人から威勢のいい声をかけられる。ポケットをまさぐると五百円玉が一枚はいっていた。エイコに買っていこうと思い、大きな実のものを二つ選んだ。けれど、この行動は自分のための行動であって、エイコへの優しさじゃない。彼女に養ってもらっている惨めさからの自己防衛。それでもきっとエイコは「やったぁ。蜜柑だ！」といって喜んでみせるだろう。そうして、エイコが寄せる僕に対する期待を誤魔化そうと、今日浮かんだフレーズをギターで弾いて聴かせる。ことあるごとに「セーちゃんは音楽つくってくれたらいいんだよ」と無邪気に笑うエイコをいつの頃からか疎ましく感じている。でも、他に居場所はない。

彼女が仕事にでかけ、扉が閉まる音を聞いてからでないとうまく眠れなくなって、もうかなりの月日が経った。音楽のことをひたすら考えているはずなのに、ほとんど収穫のないまま、蜜柑のはいった薄手のビニール袋をカサカサと鳴らしてあてのない散歩がつづく。

ロックも。ポップも。フォークも。ハウスも。あらゆる音楽と流行は密接に関係している。去年はリーボックのポンプフューリーが格好よく思えていたのに、もうナイキのクラシックデザインが先端のように感じてしまうようなことが、音楽でも起こる。「売り手」は必死にそのメカニズムを読み、ときには意図的にブームを創りだそうともがきながら、無数の無意識によってうねり変化していく流行にしがみつく。

それは必要なことだ。

けれど、「つくり手」は自分の感覚を信じつづけるしかない。実際、時代を超えて愛されるものがあるのも厳然たる事実だ。世のなかに流行という、目に見えないうねりがあることは間違いないが、自分の曲が認められないということについてそれはなんのいい訳にも使えない。

このまえエイコに誘われて、ゴッホの生涯をアニメーションで描いた映画を観にいった。劇中にでてきた、ゴッホが残したとされる言葉を鮮明に覚えている。

「作品で人々を感動させ、深く、優しく感じていると言われたい」

自分にとって、なんの慰めにもならないことはわかっている。それでもこのゴッホの言葉を知って、僕はちょっとだけ泣いた。エイコはそんな僕を、隣の席で黙って見ていた。


キッチンの丸テーブルのうえに、さっき買った蜜柑をふたつ並べる。なにも起きない夜の十時。今日もまだエイコは帰ってこない。取引先との会食だろう。

【何時に帰ってくる？】と打ったメッセージに、返信はない。

蜜柑が突然爆発したら面白いのにな、そんなことを、考えてみる。時間を持て余すとウィキペディアを眺める不毛な癖がついた。過去の偉大なミュージシャンの経歴を調べ、彼らや彼女たちがヒットした歳といまの自分を照らしたところで、なにか生まれるはずもないのに。だからといって気晴らしで飲みにいく金はない。

「そろそろ働かなきゃな」

ひとりごち、日雇いの求人サイトを検索してみる。

お菓子のラベル貼り。博物館の深夜警備。引っ越しスタッフ。キャバクラのボーイ。条件の善し悪しはあれど、仕事は溢れている。それなのにどうして人はやりたいこと、夢や目標を追いかけるのだろうか。いっそ、そんなものなければ、もっとみんな楽に生きられるのではないだろうか。

吸っていない煙草を消費するのが惜しくて、換気扇の下に置いた灰皿からシケモクをつまむと、火をつける。背中にある漠然とした不安。形があればいい。そうしたら振りほどける。どうせならギターケースひとつ背負って、日本を旅しながら歌をうたうのもいいなと思う。そうやってつまらない妄想の飛躍に逃げ込む。

シケモク特有の苦ったらしい煙を換気扇へと送りながら、

【なんか見つかったかよ?】と、ツノダにメッセージを送ってみる。

同じ文面を、日に一度は送っている。いま頃あいつはキューバの宿でいびきをかいているだろう。

ツノダは大学を二留して、なにを思ったか休学届をだし海外に渡っていた。バックパッカーというやつらしい。たまに、顔のつくりは日本人とそう変わらない茶褐色の肌をした外国人と映った写真が送られてくる。伸ばしっぱなしの髭面で能天気に笑っているくせして写真に添えられた文面は【さびしーよー】とか、【帰りたい】など湿っぽいものばかりでちょっと面白い。

すぐにフィルター近くまで燃え進んだシケモクを灰皿に押しつけた。ふっと頭に浮かんだ「外国に逃亡したい引きこもり」というワードが手がかりにならないかと思い、ギターを抱えてコードを探る。イントロは暗いマイナーコードからはいって、サビをかすかに明るい展開に変える。ラストの大サビで、一気に妄想の世界で解放される、男の心情と重ねる進行はどうだろう。普通すぎる？　歌詞にもよるか。イントロに明るい歌詞を置き、ラストにどん底の歌詞を持ってくると、その違和感のなかで引きこもりの倒錯しつつもざらついた感情が表現できるかもしれない。いや、構造から計算しすぎか。

ンー　ンー　ンー

ハミングの音程を変えながら進行を探っているうちに、別のアイディアがもたげた。倒錯するざらついた感情を描くなら、たとえばテーマを恋愛に置き換えたらどうだろう。恋に落ちるということを別れのはじまりだと捉える。そうすれば、出会いは悲しみのスタートともいえるのではないか。だとすると「お別れする」ということは、悲しみからの解放となり、線香花火が燃え尽きる刹那に見せる輝きとして描くこともできるのかもしれない。さよならの場面こそ、相手のすべてを嚙みしめることができる瞬間。出会いを静かに切なく、別れを光るようなメロディラインに乗せたら？　バランスなんか気にせず、もっと直情的に展開が変わっていってもいい。

ンー　ンー

「お。やってるねぇ」そう声がした。

いつの間に帰ったのか、エイコが赤ら顔で玄関に立っている。

「おかえり」

「ただいま。はぁ、すっごい飲まされた。疲れたよぉ」

「蜜柑、あるよ」

酔っているせいか、パンプスを脱ぐのに手間どっているエイコに「剝いたげようか」と訊くと嬉しそうに笑って、

「大丈夫だよ、蜜柑くらい自分で剝けるから」という。

「ちょうどひと段落したところだから」といってギターを壁に立てかけた。エイコがパンツスーツからジャージに着替えている間、蜜柑の皮を丁寧に手で剝き皿にふたつ並べる。果汁のつまった実をひと欠片口に運んで「美味いよ」というより先に、「セーちゃーん」と叱るような声がした。

「もう、エアコン直してってていったじゃん」

不機嫌そうにリモコンを持ったエイコを見ると、とっさに「ごめん。金なくて」なんていう情けない台詞が口をついた。

「せっかくこれ買ってきたのに」

エイコがバッグから出したのは、斉藤ハルオが世界最大級の音楽フェスといわれるアメリカのコーチェラ・フェスティバルにラインナップされたことを特集した雑誌だった。

「お金ないんでしょ」

といったエイコに、僕は抱きつく。

「もう。ほんっと好きだね」

「うん」というと、エイコは「私のこと？　ハルオのこと？」と僕の脇のあたりをくすぐってくる。

「いつかセーちゃんの曲、こんなすごいんだぞってハルオに聴かせてやりたいなぁ」

そういって笑うエイコの額に、僕は黙ってキスした。

7

二日経った昼過ぎに、僕はエアコンの中身を生まれてはじめて見ることになった。二日のあいだ僕がなにをしていたかというと、なにもしていない。ただ数年前、ランデルの家のエアコンを掃除しにいくと約束していたことをいまさら思い出しただけだ。

一日目、起きるとすでに日が暮れていて、大抵の修理業者の受付時間は終わっていた。なかには夜まで営業しているところもあったが、割増料金をとられると聞いて諦めるしかなかった。エイコから渡された金をオーバーしてしまう。次の日は、と思いながらもう一度寝過ごした。

さすがのエイコも怒りを通り越して呆れたのか、口を利いてくれなくなった。今日ちゃんと起きれたのは、エイコに何度しゃべりかけても無視され続けることが堪(こた)えたからだ。

電話で約束した時間より二十分過ぎて家のチャイムが鳴った。

ドアスコープの魚眼レンズから見えたのは、冬だというのに真っ黒に顔の焼けた五十くらいの男だった。

「じゃあちょっと見させてもらうよ」

遅刻したことを詫びもせず、男がいった。ニッと笑ったときに見えた歯は彼の肌と対照的に真っ白く、気味が悪いほどだった。

ずかずかとリビングにはいってくると「お、ギター弾けんの？」といったが、別に興味あるわけではないらしく、

「こういうのって、意外と電源はいってないだけだったりするんだよね」

と、僕の答えも待たずエアコンの配線周りをいじくりはじめる。

しばらくコンセントを抜いたり差したりくり返していたけれど、依然として風がおくられてくる気配はない。男は「なんかちがうみたいだなぁ」とつぶやいて、

「これ、外しちゃっていい？」といった。

作業着の広い背中にむかって僕は「はぁ」と答える。

「よっこいしょういち」

男の慣れた手つきで外されたカバーのなかが見えたとき、思わず「きったねぇ……」と、他人事のような感想が漏れた。男も「こりゃかなりきてるぜ」と妙に感心している。

フィルターの表面が埃で黒く覆われ、ところどころ斑模様のように浮きでた部分は黴かもしれなかった。

「これ、どのくらい掃除してないの？」

「えーっと……。一年ぐらいっすかね」

真っ赤な嘘だった。すくなくとも、僕がこの部屋に転がり込んでから一度も掃除なんかしたことはない。

「ちょっとちょっと。ギターばっかり弾いてる場合じゃないよ」

そう、とても僕には笑えない冗談をいって、男が鼻を鳴らしながら笑った。

「風呂場借りていい？　たぶんフィルター洗っちゃえば大丈夫だよ。ここまで汚れてたら、他に原因が考えられないよね」

男と目が合うとなんとなく恥ずかしくなって「あ、あっちです」とうつむいたまま浴室のほうを指差す。男は汚れが落ちてもいいように透明なビニールを床に敷くと、エアコンの本体からガコッとフィルターを外した。

「よかった。ちゃんと掃除してないとなかにゴキブリがいたりすんのよ」

不気味なことをいって笑う男を先導し、浴室の扉を開ける。

黒いフィルターをタイルの上に置いて、

「彼女？　いいねぇ。同棲でしょ、いいよねぇ」と男がいったのは、浴槽の縁に並んだエイコの洗顔料やリンスが目についたからだろう。

「いいっすかね。同棲していると、色々ありますけどね……」

「色々あるからいいんじゃない」

「はぁ」

男がフィルターに温水のシャワーを当てる。濡れた箇所に専用のブラシを滑らせると、拍子抜けするほど簡単に黒ずんだ黴や埃がとれて、肌理の細かい網戸のような本来のフィルターの表面が現れていく。

「俺さぁ、もう五十二になんだけど。恋、しちゃってんだよねぇ」

どこに親近感を抱いたのかわからないが、男は勝手に身のうえ話をはじめた。

「歳は六つ下なんだけどしっかりした人でさぁ。顔も可愛いんだよ。家の近くの喫茶店で働いてて、どうも好きになっちゃってねぇ。朝起きてから、ずっとその人のこと考えちゃってるね。いまも考えてるもん。だからさぁ、羨ましいよ同棲って。別れた嫁との暮らしは地獄だったけどね」

もう充分フィルターは綺麗になっているような気もするけれど男はしゃべり続ける。いつから、僕はエイコに対して、こんな瑞々（みずみず）しい感情を抱かなくなったのだろう。彼女との時間が生活になったからだろうか。

「今日も、仕事終わったらふたりでメシにいくんだよ。その人からもし付き合うことになったら、記念になるものが欲しいっていわれてて。なんでもいいっていうけどさぁ、こんな気持ち悪い中年の恋なんだから頑張っちゃうよねぇ。やっぱり女性って、バッグとかあげたら嬉しいのかな。偏見？　なぁ、どう思う？　やっぱブルガリとかエルメスとか、そういうやつがいいのかなぁ」

「でも、高くないですか？」

「金はなんとかなるさぁ」

「え。エアコンの修理って、そんな稼げるんすか」

急に男が手を止めて、僕のほうに顔をむける。

「やってみる？」

「え……？」

「バイト」

呆気（あっけ）にとられていると、男はフィルターをさっと雑巾で拭った。それを本体につけ直すと、エアコンからあたたかい風がでてくる。代金を無造作にポケットへつっこむと、お釣りと一緒に『エアコン・テレビどーんと修理！（有）坂口電気』と書かれた名刺を置いて、男は「じゃあ」と出ていった。

太陽の光が赤く燃え、やがてそれも消えてしまい、冷たい月光が射す夜更けになってもエイコは帰ってこなかった。メッセージの返信もないので深夜〇時を過ぎてから二度電話したたし、重ねて【まだ飲んでるの？】という短い文も送った。エアコンだけが快調にあたたかな空気を部屋に満たしていく。

いつもより喉が渇くように思えた。エアコンの修理代のお釣りで缶ビールを買って飲んだが、そわそわして腰が落ち着かない。取引先との会食が長引いているだけだ。そう自分にいい聞かせても、ちょっと抜けて電話くらい折り返せるだろうと反論が浮かぶ。そうじゃあ、なんだ。愛想を尽かされた？　ほかに男ができた？　いや、エイコに限ってそんなわけないと思いながら、俺なんかと一緒にいるほうがまともじゃないことに気づいた。

むしろなぜいままでエイコがほかの男になびくというイメージを持たなかったのか。勝手な信頼か。ひとりよがりな信頼を押しつけ、安心していたのか。

不安の波が打ちよせてまた電話をかける。やはり聞こえるのは、無機質な呼びだし音。

時間をごまかそうとつけたテレビも面白くない。いても立ってもいられず、煙草をくわえて家の周りをぶらつく。連絡がくるまでと決めて沿線を歩いているとあっという間に次の駅までたどり着く。彼女が他の男と抱き合っている映像が頭をよぎって焦る。そんな女だったのか？　いや、自分がエイコを追いつめたのかもしれない。

しかたなく、きた道をもどっていると警察に職務質問される。それすら気がまぎれてありがたく思えた。かなり冷静さを欠いていたと思う。保険証を見せると、警察は「いきなさい」といって路地に消えた。またひとりになった。

街灯の下を黒猫が走り去るのを見かけて、昔の迷信を思いだす。

エイコがいなくなったら。

もう、彼女の心が僕にないとしたら。

自分の欠点なんか、悲しいけれどいくらでも浮かぶ。無職かつ、将来が見えない。そのくせにプライドの高いサボり屋。低血圧。貧乏。音楽。音楽をまだ諦めきれない。そしてまた欠点が見えてくる。こんな僕を、エイコはすべて受け止め、こんな僕に、本気で期待してくれていると思い込んでいた、驕り。甘え。もう三時になろうとしていた。

アパートにもどりたくなかったけれど、身体の芯が冷え切って、ポケットに突っ込んだ両手の感覚もすでになくなっていた。すこしの抵抗でまわり道をしたら、あのファミレスも閉まっていた。以前は二十四時間営業だった気もしたが、店の看板を見やると、深夜二時までの営業に変わっていた。カーテンの下ろされた窓を眺めていると不吉なメタファーに思えてきて、僕はその場を離れた。

空が白んで、雀の能天気なさえずりが聞こえる。

エイコのつかっている化粧水の容器をテーブルの上に置いて、透明で、見た目は水となんら変わらないこの液体を飲んだらどうなるだろうかと、割と真剣に考えてみる。もしエイコが朝帰ってきたら、なんと声をかけるかはすでに決めていた。

「ありがとう」

ギターや、録音のための機材はとうにそれぞれのケースに仕舞い終わっていた。罵り、責める言葉も浮かんだが、どれもちがった。やはり、どう考えても僕は、エイコにちゃんと礼をいってここから出ていくべきだった。

換気扇の下で新しい煙草に火をつけ、粘ついた歯茎の裏側に舌を当てていると電話が鳴った。一コール目で煙草の煙を吐き切り、二コール目で深呼吸。三コール目で通話ボタンを押すと、聞こえたのはしゃがれた、年輩の男の声だった。

「エイコが呼んでいます」

男からいい渡された場所は、なぜか病院だった。

電車を二回乗り継ぎたどり着いた病院の一室で、エイコは眠っていた。真っ白いベッドと黒く染まった彼女の髪の組み合わせは驚くほどに神聖な雰囲気を放っていた。

「さっきまで起きてたんですよ」

そういったのはさっき電話をかけてきた男の人で、エイコの父親らしかった。

「あの…なんで……」

エイコの口は人工呼吸器で覆われ、左腕に、点滴用のチューブがつながっている。

「きみ。エイコと一緒に暮らしてるんですよね？」

「……はい」

「なんで？　こっちの台詞です。なんで一緒にいて、なにも気づかなかった」

エイコの父親は僕に顔もむけず、眠るエイコの顔をまっすぐ見つめていた。病院特有の、なにかを打ち消そうとするような冷ややかな匂いがこの部屋にも立ち込めていた。化粧を落としたエイコが穏やかに寝ている。こんなにちゃんと、エイコの寝顔を眺めるのは久しぶりだった。彼女はやはり綺麗だと思った。

「ステージフォー。膵臓癌（すいぞうがん）の末期だそうです」

「え？」

こいつは、いったいなにをいってるのだろう。

「昨日会社で倒れたらしい。急いで検査してもらいましたが、もう肺や肝臓に転移していると医者からいわれました」

ガン？　テンイ？　は？　まったくリアルなできごとと感じていないはずなのに、汗が一気に全身から吹きでた。ずっと、病室の白い壁が、鼓動でも打って揺れているような気がしている。エイコの父親の言葉を、脳が必死に拒否しようとする。かすかにシーツが擦れる音がして、エイコが「セーちゃん」と弱々しい声をだした。

うごけないでいる僕より先に、エイコの父親が丸椅子からベッドに駆け寄り「大丈夫か」と額を撫でる。

「大丈夫だよ。パパは大げさだなぁ」

人工呼吸器を自ら外し、エイコは笑ってみせた。

「ごめんパパ。ちょっと、セーちゃんと二人にしてもらえない？」

「あ、あぁ……」

エイコの父親はしばらく心配そうに彼女の額をさすっていたが、意を決したように立ち上がった。僕を一瞥し、すれちがい様に「頼む」といって病室をでていった。

「ほら。セーちゃんこっちこっち」

仰むけのまま、エイコはベッドの縁をぽん、と叩く。

そこに腰を下ろそうとすると、

「ちがうよ。靴脱いで、隣に寝て」というので、いわれたとおり、履いていたスニーカーを脱いでベッドに寝そべった。

「はぁ。セーちゃんだぁ」

そういうと、エイコが子どものようにしがみつく。ここが、病室ではなく公園の陽だまりのなかだったら。どれほど素晴らしいシーンだろうか。

「安心する？」

僕は、いった。

「うん」

「俺も」

「……うん」

不意に天井が歪んだ。

目に力を込めて堪える。ここで泣いたらいけない。

「パパから聞いたでしょ？」

胸のあたりにエイコの熱い息を感じる。

「……起きてたのかよ」

「さっき、昨日検査したCT見せてもらったの」

息づかいの熱が移動し、エイコが、僕の胸のなかですこしだけ顔をあげたのがわかる。

「わたしの肺のなかね。花火みたいに映ってた」

「………」

たまらず、エイコの手をにぎり締める。まさか、たまに腰が痛いといっていたのも病気と関係していたのだろうか？　熱で会社を休みがちだったことも？

それなのに彼女の身体はなんらいつもと変わらない。温かくて、柔らかくて、優しい。すべて嘘だといってほしい。胸糞悪い（むなくそわる）い夢であってほしい。こんな人が癌だなんて、僕はこの世界を憎むしかなくなる。

「神様からの罰なのかな。わたしが子ども堕ろしたから」

「そんなこと、ない」

胸が締めつけられるようだった。

うまく息ができない。

「あれはしかたなかったんだ。エイちゃんの、すくなくともエイちゃんだけのせいじゃない」

「でもさぁ、だとしたらさぁ……。それがしかたないんだったら、わたしが癌になったのも、しかたないかもって思ったりするんだよね」

彼女のいったことは、正しいのかもしれないし、僕の言葉は都合がいいのかもしれない。でも、そんなのはどうでもいい。無条件に僕は、エイコに生きてほしい。生きるべきだと思う。エイコをこんな場所から連れだしたい。エアコンだって直ったんだから、家に。僕らの家に。ふたりで帰ろう。

「セーちゃんの曲。聴きたいなぁ」

こんなときにまで、なにをいってるのだろう。

「いま新しいのつくってるよ」

「このまえちょっと弾いてたやつでしょ?」

あのなんでもない瞬間が走馬灯となって頭をよぎり、「そう」といった声がかすれる。

僕はうたうときの要領で、下腹部に力をこめて「今度病院の外にでれるようになったら弾いて聴かせるよ」としっかり声をだしていった。

「絶対ね」

「うん」

これまでエイコになにもしてやれなかった。

「でもねセーちゃん。もうわたしにはあんまり時間がなさそうだから、ちょっとだけ急いでね」

あぁ。神様。

もし本当に、あんたという存在があるのなら。

一曲分だけでいい。どうか僕に、音楽の才能をください。

エイコが目を覚まさないよう僕は慎重にベッドから身体を起こした。人工呼吸器をつけて眠ったエイコの表情は、当然のことながら憔悴しているようだった。それなのに、あんな言葉。あんな凛とした態度。この人はどれだけ強いのだろうか。

病室を出ると、窓から差し込む澄んだ昼の陽光が廊下を染めあげていた。うつむきがちな患者や見舞客とすれ違う。

待合スペースでエイコの父親は座っていた。そこには大きな窓があって、中庭から五階まで伸びた名前のわからない木の枝が、沈黙のなかで風に揺れている。

改めて頭を下げた。眼鏡のむこうに見える、長い睫毛の形のいい瞳がエイコと似ていた。

「きみ、煙草吸いますか？」

「あ、はい……」

あきらかに疲れ切った背中を追って、屋上の喫煙所にむかう。途中、エイコの父親は自販機で缶コーヒーをふたつ買った。

「なんで自販機は、『あったかい』じゃなくて『あったか〜い』なんでしょう」

そうつぶやきながら、僕に一本くれた。受け取って「あったかいっていうより、熱すぎたりしますしね」というと、

「そうだよね」といって静かに笑った。

喫煙所に置いてあったパイプ椅子に並んで腰掛ける。ギシッと軋む。

缶コーヒーのおかえしにと思い一本煙草を差しだすと、

「メンソールですか。妻が若い頃に吸ってました」

そう懐かしむように、自分のライターで火をつけた。

ふた筋の煙がすうと立ちのぼって絡み合い、消えていく。

「さっきはすみませんでした。娘の病気に気づかないなんて、親のほうが責められるべきです。どうして。どうして、エイコなんでしょうね。妻も……癌で、あの子が五歳の

ときに死にました。エイコも、医者がいうにはあと二、三ヶ月だそうです。みんな死んでいく。わたしだけ、こうやって暢気に煙草を吸っている」

彼の言葉は自棄になっていたが、口調は穏やかなままだった。それが逆に痛々しかった。泣き叫びたいだろう。怒りたいだろう。娘の、ひいてはおのれの運命に。本当は、隣で煙草をふかしている碌でもない男が癌だったらと、そう思っているだろう。

「きみ、親御さんは？」

「母が新潟にいます。父は、小さい頃にいなくなりました」

「そうですか」

もう何年も新潟には帰っていない。

ゲンさんと暮らしている母の生活に、なんとなく水を差したくなかった。母からも、年に一度、僕の誕生日前後にしか連絡はこない。僕を育てることだけに費やした母の時間を、ゲンさんと一緒にとりもどしてほしかった。だからそれでよかった。父は生きてるのか死んでるのかすら定かではない。

「妻が死んだとき、わたしと娘は本当のことをいい合おうと約束したんです。人はいつか死ぬ。わたしの両親が死んだときには気づけなかった死の意味を、妻に教わった。だからこそどんなに辛いことがあっても、本当のことをいおうと。もちろん、君のことも全部聞いています」

そこで言葉を区切ると、彼は短くなった煙草を愛おしそうに、深く吸った。

「わたしはね。ずっと、いつか娘から死の宣告をされることをイメージして生きてきたんですよ。でも……まさか……こんなことって……」

僕は、相槌も打てずに黙っていた。

隣で肩を震わす、エイコの父親を視界の隅に置いてなにも考えていないふりをした。それが最大限、役立たずの僕にできることだった。

もっとちがう形で、この人に会いたかった。あの、湯気のように消えてしまった僕の父親とは比べ物にならない人だ。ふたりの間に流れる無言がそれを感じさせた。どちらからともなくパイプ椅子から立ち上がり、煙草を灰皿に放った。

深く頭を下げ、僕は病院をあとにした。

8

「ほれいくぞ」

額に垂れた汗をタオルで拭いながら、坂口さんは運転席の扉を閉めた。後部座席を改造した棚に、修理用工具の入ったボックスを積み込むと、急いで僕も助手席に乗ってシートベルトを締める。

日常的な街並みが日差しにまみれて流されていく。

狭い路地ですいすいとエブリイのハンドルを切りながら、坂口さんは例の白い歯の裏まで見えるほど大きな欠伸をした。間もなく、次の家に着く頃だ。

あの日から僕は、時間というものを身近に感じるようになった。明快に、どうにもできない終わりがあった。死という、恋人との別れへのカウントダウン。これまでのように報われない自分を嘆くことも、適当ないい訳を携えて逃避することもできない。

僕がエイコだったらどうしただろうか。厭世的な態度を振りかざし、どうせ俺は死ぬんだとスカし、わがまま放題になるだろうか。恋人や親に寄りかかり、依存し切り、自らの不幸に溺れているだろう。これまで実際そうしてきたように。僕を見いだしてくれない世の中を呪い、幸福そうな人々を恨み、そんな自分を憐れんで。

けれど、エイコはそんなスタンスをとることはなかった。頑張っても、おそらくはなんのご褒美もくれない冷酷な世界に対して、ちゃんとむき合うことを選んだ。着実に聞こえる終わりの足音へと耳を澄ませ、いまの日々を、時間を、丁寧に紡いで消化していく。これは本来、生きる者すべてが直面していることのはずだった。エイコがそれを僕に気づかせてくれた。

思う。だから僕らの世界には、歌が生まれたんじゃないかと。

汗と疲れにまみれた身体をエブリイのシートにもたせかけていると、不意に坂口さんがラジオのボタンを押した。すぐに、その歌声がだれのものかわかる。もうずっと昔のこと。川辺で聴いた、あの歌。

ラジオから流れるこの歌のおかげで、どれほどの人々が今日を踏ん張り、明日に進んでいけることか。あの人ほどではなくとも、いまの自分にできること。エイコのためにできることと、むき合いたい。

エイコが入院したあと、僕はエアコンを修理してもらったときに渡された名刺に電話することからはじめた。エイコがいつでも帰ってこられるように、家賃や光熱費を払って、この部屋をそのままの状態にしておきたかった。自分の手で。

坂口さんは僕のことを覚えてくれていて、電話した次の日からバイトとして雇ってくれることになった。

それを報告すると、エイコは「ごめんね」といった。

「セーちゃんは音楽に集中して欲しいのに」

僕は、ちがうよ、といった。これは自分のためにやるんだと。

「身体うごかしてるほうが、色々浮かぶと思うし」

そういったのは、やせ我慢じゃない。

朝早く起きて、坂口さんの会社の事務所へとむかう満員電車のなか。エアコンのフィルターを洗う、ブラシのリズム。配線の色合い。昼食の、代わり映えしないコンビニ弁当の味つけ。修理の依頼をされた家々の匂い。それらひとつひとつが神経を刺激し、模索している歌へとつながっている点なんだという予感があった。

飴工場で働いていたときとは、ちがう。きっと、いま探しているメロディや歌詞が、自分だけのためのものじゃないからだと思う。働いて、エイコの病院にいき、家で曲をつくる。大いなる皮肉だけれど、そんな日々のくり返しが、無意識に僕を満たしていた。

ほどなくエイコは、緩和ケア専門の病院に移ることになった。エイコの父親から、彼女の意思なのだといわれた。僕なりに癌について勉強して、エイコに抗癌剤の治療を勧めたりもした。

だが、エイコは穏やかな口調でいうのだった。

「ママが死ぬとこ見てたから。わたしは、あんな辛い死に方は嫌なの。のたうちまわりながらちょびちょび延命するぐらいなら、わたしは静かに死にたい。自分がいまどんな状態かは、わたしが一番わかってるよ」

そういって、「それに髪抜けちゃったら、可愛くなくなるでしょ?」と、よくやる、いたずらっ子のような顔で笑った。

それでも僕は奇跡を願わずにいられなかった。

癌は身体がつくりだした細胞の一種なのだから、ある日突然エイコの体内から消えてなくなるかもしれない。実際にテレビでそんな実話エピソードを観たことがある。それに若いと病気の進行がはやいというが、あくまで統計的な傾向であって、人によってちがうはずだ。医学の進歩だって凄(すさ)まじい。万が一日本ではダメだったとして、もし外国で特効薬が見つかったなら、いくらでも借金をする。闇金で借りても、強盗したっていい。絶対に金をつくる。

綿飴のような息が、白く宙に舞った。するすると冬は終わっていく。

枯れた景色はゆっくりと彩りをとりもどしはじめた。

なのにエイコは病室にいくたび、痩せていく。

後悔。

もっと、エイコとデートにいけばよかった。

ちょっとだけ、エイコ以外の女性に心が移りそうになったこともあった。一緒にいろんなライブにいけばよかったし、照れずに自分のライブすべてに誘えばよかった。

美味しいご飯を食べて、笑って、ベッドで疲れ果てるまで愛し合えばよかった。彼女の好きなことを、たくさんしてあげればよかった。

僕はいつでも自分のことばかりだ。そういえば、エイコが書いていた小説を、まだ読ませてもらっていない。音楽をやりながら僕がちゃんと働き、彼女に存分、本当に存分、小説を書かせてあげるべきだった。

好きだ。エイコ。

たくさん喧嘩(けんか)もすればよかったね。たくさんぶつかって、傷つけ合って、お互いの本当をもっと深めたいよ、エイコ。

あのとき。エイコが腰痛を訴えた時点で病院に連れていっていたら。

いやちがう。あの日。もしあの日ゲットーで僕たちが出会っていなければ。寝坊したんだから、そのまま、いつもの怠けぐせにまかせて、眠り続けていれば。

そうやって人生における些細で、とり返しのつかない選択の連続のなか、エイコと僕が出会っていなかったら？　運命という名の紐がべつの絡まり方をして彼女は元気に生きていたかもしれない。

そんな「もしも」をどこまで考えても、たしかなのは頬を伝う涙の線ばかりだった。そんな様々をアルコールのせいにして全部、トイレの便器に吐いた。吐いて、吐き切って。そして思った。

僕がエイコのためにできること。

それはきっと、音楽しかなかった。


バイトを終えて家に帰る。「ただいま」といってみる。スイッチを押すと部屋が明るくなって、僕ひとりの部屋が現れた。

ふっと息を吐いた。テーブルにコンビニの袋を置いて床に横たわる。坂口さんにどやされながら一日中走り回って固まった脹ら脛を軽く揉んで、起きあがった。買ってきた弁当を平らげると、ノートにメモした歌詞を軽くハミングしてみる。

エイコのいない部屋でエイコの影を追う。僕は壁際に背をもたせかけ、ギターを抱える。エイコの笑った声。怒った声。匂い。外から帰ってきたときの足音。足音にも色々ある。いいことがあったとき。嫌なことがあったとき。酔っているとき。どれもが愛おしいリズムとして、僕の頭で響いている。

それをギターの音色に置き換えていく。

六本ある弦にはそれぞれ意味があり、それらを組み合わせたコードで世界が生まれる。という、基本的なことが、ようやく心からわかったような気がする。エイコと過ごした日々を、空間を、音楽として再構築していく。

こんなにはっきり、だれに届けるべきかわかって曲をつくるのは初めてかもしれなかった。あんなに浮かんでこなかったメロディや歌詞が嘘みたいだった。だれに届けたいのかさえはっきりしていれば、公園で分け合ったコロッケも、ゲットーで飲んだビールも、ふたりして夕方まで抜けだせなかったベッドの皺（しわ）も、そのどれもが歌になるということを僕はエイコのおかげで知ることができたと思う。

浴室にこもりギターを抱える。

ンー　ンー　ンー

ハミングするたび、出会ってからいままでのエイコがよぎる。オーディオ・インターフェイスを通してパソコンにつながったマイクに、歌を吹き込んでいく。この曲をはやくエイコに聴かせたい。

エイコが曲を聴いているところを想像して、ひとり笑った。


作業着の襟にまで沁みた首元の汗をタオルで拭った。本来、まだマフラーをして出歩く気温のはずだが、全身から湯気が立っているのがわかる。空には雲ひとつない。

後部座席の棚に工具箱を積み、バンドで固定していると運転席から「そろそろ昼メシにするか」と坂口さんの声がした。

「あ。はい」

午前中に三軒回った。午後の残りは四軒だ。

「この近くにいい仕出し屋があってさ。たまにはコンビニじゃなくて、そこにしよう」

たまにはレストランでもいいじゃないかと思いつつ、黙って助手席のシートベルトを締める。その仕出し屋は、前の現場から車で十分ほどの商店街沿いの路地にあった。煤けた幌(ほろ)に「手毬(てまり)」と書かれていて、老夫婦がふたりで店に立っていた。坂口さんは鮭(さけ)弁当、僕は生姜(しょうが)焼き弁当を選んだ。

「ちょっと歩くよ」という坂口さんに着いて、コインパーキングからてくてくと坂を登った。しばらくすると、街中に小高い丘が見えてきた。すでに汗も冷えた首筋をゆるやかな風が撫でる。丘の中央は小さな公園みたいになっている。坂口さんは芝生の隅にあるニスの剝げたベンチに腰掛けた。

「立って食べる派だっけ？」

食前の煙草に火をつけた坂口さんにいわれ、「違いますよ」と僕もベンチに座る。白い歯と歯の間からすこし濁った煙を吐きながら、ギターの弦を鳴らすように右手だけ動かし「最近どうなの、こっちは」という。

「やってますよ。久々にちゃんとやれてる気がします」

手提げのビニールから弁当をだす。まだ箱の底があったかい。

「そりゃ、いい」

半分も吸っていない煙草を揉み消して、坂口さんも弁当を開ける。僕は生姜焼きを口に入れた。甘辛いタレのよく染みた豚肉が白飯にとてもよく合う。たしかに美味しい。

「みんなね、若さには限りがあるからね」

「え？」

「何歳でも青春だって、近頃いうじゃない。あんなの嘘だからね。セーイチくんは騙されちゃだめだよ。人ってのは歳とると、善良な意味で悩むのがこわくなる。いや。善良っていうのは曖昧かぁ。なんであんなことで悩んでたんだろうって、昨日の自分がわからなくなるんだ。昔は悶え苦しんでたことへの決着が早くなるっていうのか。これは悲しいことだと思うんだよね。で、反対にいい訳がうまくなるんだよ、諦めることへのね」

僕は坂口さんの顔を見た。坂口さんは僕のほうを見ず、白飯の上の梅干しを箸で転がしている。彼のずっと先に公営団地が建っている。蜂の巣のように均一なつくりのベランダで、色とりどりの洗濯物がたなびいている。

「痛みや苦しみに慣れちゃいけない。幸せや夢を諦めちゃいけない。って、なんか昔の歌謡曲っぽいかな？」

と、そこまでいって坂口さんは僕の目を見た。僕は首を振る。

「や、つまりさ。音楽のことも応援してるから」

その「も」という言葉尻に、音楽とともにエイコのことも含まれているのがわかった。坂口さんにはバイトの相談をした際、エイコの病気について隠さず話していた。ほら。坂口さんが自分の弁当から、鮭の塩焼きを丸ごと僕の白飯の上に乗せる。

「そのためにも、ちゃんと食べてちゃんと寝な。ちょっと痩せてきてるよ。まずはセーイチくんがしっかり元気じゃないと」

箸を持った手で僕の背中を二回叩くと、

「自分のすることを愛せ」

そういって坂口さんは照れくさそうに笑い、

「ニュー・シネマ・パラダイスより」とつけ足した。


ギターを持って外へと出た。

あまり夜中まで弾いていると隣人から苦情がくるから仕方ない。

首都高の通る高架下に、ちょっとした広場がある。街路樹の脇にブロックが積まれていて、僕はそこに腰を下ろす。終電が終わり、街ゆく人影もほとんどなかった。メモ書きで埋まったノートの一ページを開く。メロディ進行はかなり整理がついてきた。歌詞をもっと詰めていきたい。まだ、この曲でエイコになにを伝えたいのか、確信を持てていない部分があった。「好きだ」「愛してる」「ありがとう」どれも心からの想い。

でも、じゃあそれこそがこの曲でうたうべきことなのか。歌詞に乗せたい気持ちはたくさんある。けれど、要素はできるだけ絞って、曲としての純度を上げたかった。でないと散漫な歌になる。

コードを奏で、歌詞のフレーズをうたいながら探っていく。こうしていると、斉藤ハルオに出会った日が懐かしく感じられる。いまだ耳に焼きついている美しい音色。もしかすると彼も、あの川辺で新しい曲でもつくっていたのかもしれない。

「おい」という声で、目の前にそう歳の変わらないスーツ姿の男たちが立っているのに気づいた。三人いるうちの一人は酩酊してるらしく、まっすぐ立てない足で「シカトしてんじゃねえぞ」と凄む。両脇の男二人も酔っているのか、座ってギターを抱える僕を見下ろし、にやついている。

「無視するつもりはなかったんすけど」

そう答え、立ち上がろうとした瞬間、酩酊した男の持っていたカバンが振り下ろされた。それは僕のこめかみをかすった。咄嗟に身体を捻ったので、ギターは無事だった。

「夜中にがちゃがちゃ楽器弾いてうっせえんだよ！」

振り抜いたカバンの遠心力で尻餅をついた男が大声で叫ぶと、あとの二人が腹を抱えて笑いはじめる。

「ちょっ、捕まえとけよ」

地面に手をつき、立ち上がった男がいう。「めんど」とぼやきながら、二人が僕の両腕を抑え込みにかかる。僕には意味がわからなかった。ギターの音が気に障ったのかもしれないが、なぜ、見知らぬ人間に羽交い締めされないといけないのか。抵抗したいが、ギターを片手に持っていてはうまく立ち回れなかった。蹴るにしても靴下にサンダルを突っ掛けただけでは威力もないだろう。やはり周囲に人影もなく、警察がくる様子もない。全身から汗が吹きだした。僕を抑えつける男たちのどちらかわからないが、口元からアルコールと、腐ったような胃液の臭いがする。

正面で、酩酊した男がなにか叫びながらジャケットを脱いだ。濁った目をしていた。こいつ。本気でなにかする気だと思った。それがわかった途端、僕は「ギターだけはやめてください」といった。僕は右手でしっかりとネックを握り締めていた。笑い声が聞こえた。三人のうちのだれかが笑ったのだろう。

「なに。あんたもしかして売れてる人？」

という声がして、また笑い声。なにが面白いのだろう。タクシーが一台通った。しかし、すこしもスピードを落とさずに去っていった。

「じゃあ土下座しろよ」

だれに。そう訊きたかったが、僕は「するから。離して、ください」と答えた。喉が震えていた。「ええ！　まじで！」「生土下座はじめて見んだけど」と僕を抑えていた男たちが興奮した声をあげ、けれども逃げないように注意しているのか、力を緩めただけで身体は放さない。

ゆっくりと膝をつき、傷がつかないようギターを置いた。

両手が地面に触れる。細かなアスファルトの粒が掌を刺してくる。ようやく離れた二人の男はそれぞれスマホをかざし、動画を撮りはじめる。自分のすることを愛せ。頭のなかで、日中坂口さんのいった言葉が蘇る。いや。正確には映画の台詞か。静かに息を吐く。頭を低く下ろしていく。

額が地面につくと金切り音のような歓声があがった。そのなかで「だっさ」と吐き捨てる声がした。おそらく、酩酊していた男の声だったと思う。そして、次の瞬間、脇腹に強い衝撃を受けた。革靴の尖った先が肋の間に食い込むのがわかった。腹の底から熱いものが急激に逆流し、一気に吐いた。さっき家で食べた、消化途中のコンビニ弁当の具が地面を汚している。

「やりすぎだ馬鹿！」

一人が叫んだ。顔をあげると、酩酊していた男は他二人に引っ張られながら遠ざかっていた。僕が血でも吐いたと思ったのかもしれない。

「ははは」

なぜか笑いながら、僕は吐瀉物を避けて仰向けに転がった。涙が溢れてくる。が、悔しいからじゃない。ギターは無事だった。これでまだ曲がつくれる。完成させられる。エイコにうたって聴かせることができる。

ンー　ンー　ンー

転がったままハミングしていると、新しいフレーズが浮かんだ。整理できていたと思っていたメロディに組み込めば、さらにいい曲になるかもしれない。

9

その日。仕事をはやめに切りあげ、坂口さんが駅の近くまで車で送ってくれた。近頃、ようやく毎日の作業にも慣れてきたと思う。

「今度俺も、お見舞いいかせてよ」

「はい。彼女も喜ぶと思います」

プッ、とクラクションの小気味好い音を鳴らし、坂口さんの車は去っていった。テールランプが見えなくなると、全身が静けさに覆われたみたいだった。

このあたりは夕方を過ぎると人通りがなくなる。飲食店もすくなく、かといって家があるから人は住んでいるはずで、彼らはどこにいるのだろうといつも思う。毎日仕事にいって、家に帰り、家族で食事をとる。そういう家々の集合体なのだろうか。

この街の雰囲気に似つかわしくない男が、他に待ち人もいない駅のロータリーで、ひとり立っている。まだすこし痛む脇腹を抑えながら、僕はそいつに近づいていく。

「なにそれ。エイコにプロポーズでもすんのかよ」

向日葵のようなフォルムの、薄いピンク色をした小ぶりの花を数十本も束にして抱えているツノダをおちょくる。ツノダは昨日、一年に及ぶバックパックの旅を終えて日本に帰ってきた。

「せや。僕、エイコちゃんのこといまでも狙ってんねんで」

ツノダはまんざら冗談でもない感じで笑いもせずにいった。そういえばこいつは飴工場の寮にいるときから、僕がいなくても勝手に部屋にあがり込んでエイコと遊んでたな。馬鹿は何歳になっても変わらない。学力は、こいつのほうが圧倒的に上だけど。

「おまえ、ちゃんと花とか病室に飾ってやってるんやろな」

「まぁ。たまに」

「こういうときは華やかにしてあげんとな」

「そうだな」

道を歩きながら、並木の枝の先でぷっくりと膨らんだ桜の蕾を眺める。黄緑色をした部分からかすかに花弁が顔をのぞかせ、風に揺られていた。まだ花は咲いてないけれど、ツノダが「綺麗やね」とつぶやく。僕もそう思ったから黙っていた。じきに訪れるであろう春の匂いを、温度を、感覚が先どりして肌にしみこんでくるようだった。

「いっぱい、エイコちゃんに旅の話したんねん」

腕いっぱいに持った花束で歩きづらそうにしながらも、ツノダは誇らしげにいう。

「エイコも中学のとき一年ぐらいフランスに留学してたらしいけどな」

「ちゃうちゃう。僕がいってたのはもっとサバイバル感のある国やもん。ヨーロッパもいったけど、やっぱ南米がよかったなぁ。おまえ、日本からでたことあんの」

「ないなぁ。パスポートも持ってないし」

「いってみぃや。エイコちゃんの病気治ったら、一緒にいき」

「そうだな」

いけたら、いいな。

「三人で」

「なんでだよ」

からからと笑って、ツノダは「ええやん。きっと三人のほうが楽しいで」と、自分の台詞を確かめるようにしていった。まっすぐ続く道のずっとむこうで、茜色の夕日が僕らを照らしている。

「一年ぶりかぁ、なんか緊張してきたわ」

ひとりごとをいうツノダが無理しているのはわかっている。

病院に着くと、もう顔見知りになった受付の事務員に入構証代わりのバッジをふたつもらう。ツノダの花束を見て、その女の事務員は「まぁ」といって微笑んだ。緩和ケア専門の病院で、日々いくつもの死に直面しているはずの彼女はいつも愛想がよかった。死に慣れてしまったのか、努めて笑っているのかはしらないけれど、僕はたまに、彼女のそういう態度に救われていた。

やってきたエレベーターに乗って五階のボタンを押したあと、僕はツノダを見た。

「なぁ」

「なんやねん」

「約束してほしいんだ」

「なにを?」

「エイコのまえでは、泣かないでほしい」

二十分ほど経っただろうか。

僕らはエイコの病室のまえで、ただ突っ立っていた。お互いなにもしゃべらなかった。

ツノダは身体をこわばらせ、抱えていた花束がじょじょに押し潰されそうになっている。


痛いよぉ……！

痛い……痛いよぉ……！


扉越しに、エイコの悲痛な叫び声が聞こえる。

そのたびツノダはびくっと震えて、立っているだけで辛そうだった。もちろん、僕にしても同じだった。何度耳にしても慣れることのない叫び。エイコも、エイコの父親も、僕も、みんな奇跡を信じていた。

けれども全身に転移している癌は、彼女の身体のなかで暴れまわり、本来主人であるはずの彼女を容赦なく蝕(むしば)んでいく。

いま鎮痛剤効いてくるからね!?

いやぁ！　痛いよぉ……。ううう。いっ！　あぁぁ！

まるで老婆のように嗄れたエイコのうなり声が、断続的に廊下まで漏れてくる。口からはもうほとんど栄養を摂れなくなっていた。病状がかなり悪化しているのは明らかだった。みるみる痩せて体力も残っていないはずのエイコはさらに、こうやって激痛に苛まれるようになった。痛みだけが彼女にとって確かなことのように、普段なら考えられない大声が彼女の口から溢れ、病院に響いて、僕らを震えさせる。癌を治せない医者には腹が立つが、のたうちまわって痛みを訴える彼女のまえで、僕は医者より圧倒的に無力なのだ。

なにもできない。こんなとき、ずっと追いかけてきた僕の音楽は、彼女の命を執拗に追い詰める痛みに対してなんの役にも立たない。

医者にすがり、信じるしかない。モルヒネが透明で細い管を通り、エイコの肉体に浸透し、彼女の痛みを抑えてくれるのを待っているしかない。けれども僕は、すくなくとも僕は痛みと闘うエイコに背をむけるわけにはいかなかった。頑張れ……！　頑張れ……！　扉越しにもがくエイコに祈る。祈る。祈る。

　何度も、僕がエイコを殺せば、彼女は楽になれるのかもしれないと思った。実際に彼女がそれを望めば、迷いなく実行しただろう。法律なんか関係ない。なにが本当なのか。気を抜けばぼやけそうになる。

「すまん……。僕やっぱ……あかんかもしれへん」

「ちょっと煙草でも吸ってこいよ。俺、エイコが落ち着くまでここで待って、おまえに連絡するから」

　そんな言葉を自然に吐けるほど、この一週間、エイコの激痛は常態化していた。ツノダは黙って、潤んだ瞳を僕にむける。僕はうなずいた。なにもいわなくても、あいつの気持ちがわかった。

　ひとりになると、廊下に反射した光がやけに冷たく感じた。


　日が完全に暮れて、ようやくエイコは落ち着いた。

　扉から医者と看護師がでていったのといれ替わるように僕は病室にはいった。ベッドに沈んで窓の外を見ているエイコは、僕に気づくとにこっと笑った。やつれすぎた頬には、まだ涙のあとが残っている。ツノダにはメッセージを送ったが、返信はなかった。耐えきれずに帰ったのかもしれない。そうだったとしても、僕は、あいつを責める気持ちにはなれない。

「今日はけっこうながかったね」

「ね。もう、そろそろかも」

縁起でもないことをいうエイコの乱れた髪を、ゆっくりと手櫛で梳く。

彼女の髪は汗ですこし濡れている。なぜか、陽の匂いをかいだように感じた。

「頑張ったね。よくなるから。大丈夫だから」

僕の言葉に、うん、とかすかにうなずいて、「喉……渇いた」とエイコはいう。吸い飲みを、すっかり青くなった彼女の唇にあてがう。

浮きでた喉仏が何度か上下して、

「美味しい」と、消えいりそうな声だったけれど、とても満足した表情でエイコはいった。そのとき病室の扉が開いた。

「あ！　ツノダくんだ」

「おう、エイコちゃん。なんや痩せて、ちょうどようなったな」

そういっておどけたツノダの目は、真っ赤に染まっていた。僕はそれを見てつい吹きだしそうになった。正真正銘の馬鹿なのだ。

「なにそれ。わたし、そんな太ってたかなぁ」

「ちゃうちゃう。ほら、もっとビューティーになったってことや」

「そう？　ツノダくんは、なんかたくましくなったたね」

「なんや照れるなぁ。久しぶりやね」

ツノダは「エイコちゃんにプレゼントです」といって、うしろ手に隠していた花束をだした。

「綺麗だねぇ。外国で買った花？」

「いや、これは日本で買った花」

僕たちは三人で笑い合った。寮で暮らしている頃を、ぐっとすぐそばに感じた。いや、この空気に、場所や時間の隔たりは関係ないのかもしれない。僕たちは、僕たちさえいればいつだって「あの頃」なのだ。それが過去であれ現在であれ、これからだって「あの頃」に還れる。そんな気がした。

花を花瓶に活けるためツノダが病室をでていった隙に、こっそりエイコにキスをした。顔を離すとエイコは瞼を開けて、じっと僕を見ていた。

「なんだよ」

くすっとエイコが笑う。

「ちゃんと見とこうと思って」

彼女の瞳が澄みすぎていて、つい僕は視線を逸らした。

「ちょっと髭生えたね」

「うん」

「セーちゃん。わたしのこと好き?」

「うん」

「ほんと?」

「うん……」

「セーちゃん」

僕は、このあとに彼女がいった言葉を、一生忘れない。

「わたしセーちゃんといたら楽しい。セーちゃんが大好き。だから死ぬのが、こわいよ。でもそれって、とっても幸せってことだよね?」


ツノダと一緒に病院をでた。

夜が、僕らに降りそそぐようだった。

月のほかには、北斗七星だけが強い光を放っていた。東京の夜空で星を見たのはいつぶりだろう。ただ僕がうつむいてばかりで、空を見あげるという習慣がなかっただけかもしれない。振り返ると、まだエイコの病室には電気が点いている。どんな気持ちでエイコはくり返しやってくる夜を越しているのか。もうすぐ彼女の父親が仕事を終えて様子を見にくる頃だ。

すこしの間、僕たちは黙って歩いた。

ツノダがようやく口を開いて、

「なんも考えんとパチンコでもしたい気分やわ」といった。

「すぐ負けるくせして」

笑って、僕はツノダの肩を叩いた。

電車に揺られ、渋谷でバスに乗り換えた。どちらも、どこへいこうと示し合わせはしなかったが、僕らがどこにむかっているのかは口にせずともわかっていた。電車も、バスも、乗っている人々はなぜか、いつかこうしてすれ違っていたことがあるような気がした。仕事で疲れている者、酔った顔をむくませた者、明日のデートに想いを馳せる者。

車体が揺れる。バランスを崩しそうになって、とっさにつり革をつかむ。喧騒が、窓の外を流れていく。

降車ボタンを押した。

僕とツノダのほかに、腰の曲がった老婆が降りた。僕たちは、彼女がゆっくりとステップからアスファルトに覚束ない歩を移すのを見届けて、バスを降りた。コンビニで煙草を二箱買い、自分たちが地面に立っていることを確かめるように進んだ。

この街に来たのも久しぶりだった。

ツノダは、終始きょろきょろとしていた。

路地にわだかまるアルコールと、吐瀉物の臭いは変わっていなかったが、駅のそばに建設中の高いマンションが聳えていた。てっぺんでクレーンの影が、夜空にくっきりと形をつくっている。

店の赤いネオンが光っているのを見て、僕たちは迷いもせずに扉を押した。テーブル席の客にビールを運んでいたランデルがすぐ僕とツノダに気づいて、まるで昨日もここで飲んでたかのように、

「そこに座って」と、カウンターの隅のほうを指差した。

*

客がみんな、みんな帰ったあとの明け方が好き。

人の声で充満していた店内がガランとして、わたしの立てる物音だけが響く。カウンターで飲み残しのラムハイや、ビール瓶が日の光に反射してきらめく。朝のひとり占め。そんな感じがする。

店先の看板を裏返し、グラスや皿を洗う。蛇口から注ぐ水が、指先のひび割れに滲みる。食器類を片して、店内の掃除は開店まえにまわす。タッパーに残ったマカロニ・オイルサーディンをつまみながら、ウイスキーを垂らしたホットコーヒーを啜る。その日の気分で、レコードをかける。

泳いで、酔っ払って、泳いで、酔っ払って、そして。

この国でもっとも素晴らしい小説家の、ある作品の一節を口ずさむ。ドイツから来て、もうすぐ二十年。日本人だったまえの夫を追いかけてきたこの国に、彼と別れたあとも居つくとは思ってもみなかった。まさに泳いで、酔っ払って、泳いで。そんな二十年だったと思う。

夫はいい人だったし、優しかった。けれどもその諸刃として、繊細すぎたのかもしれない。日本語も碌に話せなかったわたしに不自由のない生活をさせようと、朝から晩まで必死に働いて、精神を病み、鬱になった。わたしは若かったし、なにごとにも楽観的だった。ベッドルームからでられず、塞ぎ込んでいる彼を無邪気に励ましていた。当時はそれが、夫を追い詰めることとイコールだとは、まったく気づかなかった。あの人はお酒に逃げはじめ、やっと見つけた英会話講師の仕事からわたしが帰ってくると、泥酔していることが多くなった。

お酒をどこに隠しても、あの人はわたしが外にいる間に見つけた。歴としたアルコール依存症ができあがっていた。夫は、彼の両親から諭されて、更生施設にいれられることになった。

入院する日の朝。夫はいつの間にもらってきたのか、離婚届をテーブルに広げていた。ごめんなぁ。ごめんなぁ。そう何度もつぶやきながら、彼は震える手で離婚届に名前を書いた。記入欄には、ミミズがのたうち廻ったような線があった。

婚姻届には、とても端正な字を書いた人だった。

「なんで、こうなっちゃったんだろうな」

あの人はそれだけいい残して、両親と施設のスタッフに連れていかれた。

そのあとわたしは別の人と結婚したが、うまくいかなかった。そもそも自暴自棄だったのだと思う。一度目の結婚を、あの人と過ごした時間の喪失を埋めたかっただけだったのかもしれない。二度目の結婚相手を傷つけたし、自分自身もたくさん傷ついた。すべてを変えたくて一念発起、この店をはじめた。

ドイツにもどるという選択肢もあったはずだけれど、頭に浮かびもしなかった。意地、だったのかも。

どうあれよかった。

わたしはいまの生活が気にいっている。

いつまで続けられるのか。わからないけど、先のことを考えてもどうせわからない。やれるところまで。結局、わたしは楽観的なんだろう。

客は目まぐるしくいれ替わっていく。季節が巡っても、二度と同じ春は来ないように過ぎ去っていく。それはどんなに常連の客でも、だ。いや。常連の客こそ突然来なくなることが多い。

あの子だって、急に来なくなった。

いつもどこか寂しげな瞳をしている子だったけれど、夢を持っていた。語れる夢があるだけでワンダフルだと思う。

あの子のなかで、その夢は叶ったのだろうか。

わたしにできたのは、あの子の寂しげな瞳がとろけるまで、お酒をつくること。はじめの夫にはしてあげられなかったから、否定するでもなく、お酒をとりあげるでもなく、あの子の寂しさに寄り添いたかった。羨ましかったのかもしれない。捨ててしまえば楽になる妄想を捨てきれず、しがみついて苦しみ、それでももがくという経験を、振り返ればわたしはしたことがなかった。

あれはいつのことだったかな。

まだ、宮本さんのところの工場もあったたし、あの子も寮に住んで働いていた頃。思いつめた顔でひとりカウンターに座って、夜が白んでも飲んでいた。平日だったせいか、他の客はとっくに帰っていた。

曜日を、なぜかはっきり覚えている。火曜だった。

正確には水曜のはじまりで、わたしにとっては火曜の終わり。

テーブルやカウンターを片づけながら、「瓶ビールなら勝手に冷蔵庫から取って飲んで」とわたしはいった。「いい加減にしないと、また宮本さんにどやされるわよ」ともいった。

あの子はだらしなく笑った。「大丈夫。ちょっと寝たら働けるよ」とたどたどしい声をだして、冷蔵庫から瓶ビールをつかむと栓を抜いた。わたしが「またいつものへりくつね」というと、二人して笑った。

裏で洗い物をやっつけ終わってもどると、あの子はカウンターに突っ伏したまま眠っていた。瓶ビールはほとんど減っていなかった。「ちょっと」そう声をかけたが起きそうもなかった。しばらく寝かせてから、起こそうと思った。

「眠っているときだけが安心できる気がする」

いつか、酔ったあの子がつぶやいた言葉を思い出したから。

わたしはカウンターの内側で肘をついてあの子の寝顔を眺めながら、瓶ビールの残りをちびちび飲んでいた。そのときだった。

ひと筋の光が、あの子の顔をふっと白く染めあげた。彼の顎にある、小さな黒子まで白に覆われていた。窓から差し込んだ朝日だったんだろうけど、そんなことさえ考える余裕もなく、わたしは息を飲んだ。カウンターにこぼれていた薄い水たまりは、もう十年以上帰っていない故郷にある、湖畔のように煌めいていた。

フリードリヒの絵画でも見ているみたいだった。

吸い込まれそうになる。身体の奥に仄かな熱が宿る。

彼は光のなかにいて、わたしは影のなかにいた。

あの子がセットしていた目覚まし時計代わりのスマートフォンが鳴らなかったら、わたしはどうしたか、わからない。耳を劈(つんざ)くアラーム音にはっとして、自分を誤魔化すようにあの子の身体を揺すった。

「ほら。起きなさいよ。アラームがうるさくてたまんないわ」

んん……と、まだ眠たそうな声をだして、あの子はゆっくり身体を起こした。伸びをして、むくんだ目をこすると「あぁ、仕事だ」とつぶやき、店をでていった。はじめて、客に、とり残されたという感覚を持った。

いまだにあれはなんだったのか、わからない。

けれども、鮮明な記憶としてあった。

不思議とあのシーンだけ、ついさっきのことのようにさえ思える。そんな錯覚を、錯覚としてまだ整理できずにいる。

あの日。あの子にはたしかに、「そして」があった。

それと同じように、いまのわたしにも、たしかな「そして」がある。けれど、永遠には続くことのない「そして」。

泳いで、酔っ払って、泳いで、酔っ払って、そして、そして。

この一節を生みだした小説家は、いったいどんな気持ちで文章を書いていたのだろう。

でしまった。

「そして」は、終わりへと近づく予感。もしかすると、終わりが見えてしまったのかもしれない。その小説家は、この一節を孕んだ作品を本として世にだした翌年に自ら死んでしまった。

家の近くの、植木畑で首を吊って。

店の壁に貼った、もう来週に迫った武道館ライブのポスターをしばらく眺めた。「よし」と気合いを入れ立ち上がる。飲み干したグラスを片づけていると、外から学校にむかう子どもたちの無邪気な笑い声が店内に響いた。

世界ではもう、新しい一日がはじまっている。

10

夜。バイトから帰って、ギターコードを確認しながら詞を推敲していると、突然テーブルのスマートフォンが震えた。時計はきっかり八時を指している。画面には、エイコの名前が映っていた。

瞬間的に嫌な予感が身体中を駆け巡る。

「……もしもし？」

「ねぇ、今週の日曜ってなにしてる？」

いつものエイコの声が聞こえて、安堵のため息が漏れる。

「あ…なんだ……」

「なんだってなによ。あ、死んじゃったって思ったんでしょ？」

電話のむこうで、能天気に笑っているエイコにすこし腹を立てながら、

「べつにそんなんじゃねぇし」というと、

「もう。なんで死んじゃったわたしから電話くんのよ」

と、まだおかしそうにしている。

こうやって聞こえる声と、彼女のあんなに苦しむ姿がどうしても結びつかない。僕はただ嫌な夢を見ているだけで、ハッと起きたら隣でエイコがよだれを垂らして寝ている、そんな、まさに夢のような妄想を抱きそうになる。

「セーちゃんって、日曜はバイト？」

「いや。なんもないけど、どうしたの？」

だいたい、もしバイトがはいっていたとしても、エイコに関することでなら休むけど。

ふふぅん。なんだかもったいつけるようにひと間置いて、

「なんと、セーちゃんと一緒にいたすぎて外出許可をもらいました！」

というエイコの弾んだ声。パチパチと、かすかに手を叩くような音もする。そばにエイコの父親もいるのかもしれない。

「すごい。よくもらえたね」

「うん！　なんていうか、投げやりに認めてくれた感じだけどね。もし日曜まで痛みが落ち着いてたらって、条件つきで」

「なんだよそれ。本当に大丈夫？」

「まぁ、あと三日だし、最近なんか身体の調子もいいから大丈夫だよ」

そして本当に、エイコは日曜日まで体調を保った。

坂口さんが最近買った、新車のカローラを借りて病院にむかうと、すでにロータリーでエイコが待っていた。車を降りると、彼女が乗っている車椅子のうしろで、エイコの父親がうなずく。僕も軽くうなずいて「エイちゃん綺麗だね」といった。化粧しているエイコの姿が、新鮮に映った。

「髪をね、看護師さんが巻いてくれたの」

嬉しそうに顔を振って、ふわっとウェイブした髪を揺らす。

「よかったね。そのワンピースも似合ってる」

淡い水色の、リネン生地のワンピース。去年エイコの誕生日に、僕が渡した高くもないプレゼント。僕にはブランドものの財布を買ってくれたエイコに、僕が渡したプレゼント。確かによく似合ってるけど、もっとちゃんとしたものを買えばよかったと、そう思いかけて首を振った。彼女が一度、心肺停止に陥り、息を吹き返した二日後の朝だった。「これまでのこと全部を後悔しないって決めたの。わたし、死ぬためにまえをむく。だからセーちゃんも、わたしとのいろんなことを後悔しないで。ぜんぶ肯定して」というエイコの言葉を思い出したのだ。その口調はひどく穏やかで、説得力のある特別な響きがあった。

しゃがんで、車椅子からエイコを背負う。軽い。けれど、彼女の腕はしっかりと僕の肩につかまっている。

扉を開けた車の助手席に身体を移し終えると、

「いってきまぁす」

そうエイコが明るい声をだす。

「あんまりはしゃぎすぎないようにな」

彼女の父親は、降ろしたサイドウインドウに近づいて優しくいった。

「はしゃぐよっ。いまはしゃがないで、いつはしゃぐの」

エイコがあっけらかんというと、父親もしかたないように笑った。

後部座席にたたんだ車椅子を積んで、

「じゃあいこっか」と、僕はアクセルを踏み込んだ。


渋谷の渋滞を抜けるとき、建設が進んでいる駅前の高層ビルが目にはいって、エイコが叫ぶ。

「わっ。あのビルすっごい伸びてる！」

「わっ。飛行機雲だよ！　セーちゃん、あの飛行機どこいくんだろうね」

過ぎ去っていく景色の変化について、エイコはひとつひとつ反応する。

「そんな窓開けっ放しで、息辛くない？」といっても、「いつも辛いから大丈夫だよ」と楽しそうにいう。

むかう場所は、あらかじめ決めていた。以前、エイコがいきたいといって、一度もいけていなかった場所。

日曜のせいか駐車場は一杯だったが、なんとかスペースを見つけて車を停めた。ここ

でもエイコは窓を開けて、

「オーライ、オーライ」といっている。

無事にバック駐車を決めると「おぉ、セーちゃんすごいじゃん」と頭を撫でてくる。狭い車間で慎重に車椅子を降ろし、エイコの身体を運ぶのにひと苦労しながら、目的地に着いた。呼吸が辛くなったときに備えて、リュック式の酸素ボンベを背負い、エイコを乗せた車椅子を押して歩く。ゲートにたどり着くまえから動物と、糞(ふん)の匂いが辺りに漂っている。天気予報では危うかったが、ラッキーなことに晴れた。のどかな日差しが心地よかった。

「生き物って感じの空気だよね」

僕はエイコの言葉にうなずく。

親子連れの客たちに交ざって入場券を買い、いよいよゲートをくぐった。入り口に巨大なゾウの像が建っていて、そのむこうに新緑の木々が生い茂っている。

「気持ちぃ」

春の風を浴びるように両手を広げたエイコが、車椅子を押す僕のほうへと振り返る。

「そうだね」と答えると、彼女は満足げにまた、全身で春の風を浴びる体勢にもどる。

ゲートからしばらくいくと、鳥たちが人工の池で水浴びをしていた。

檻のなかで、イノシシが眠たそうに身体を横たえている。ヤギは人気があるのか、柵に子どもたちが群がってはしゃいでいる。それを、餡子でもつぶしたような横長の黒目で不思議そうに眺め、メェ、と鳴く。

「写真でも撮る？」

「いい。写真なんか撮ったら、セーちゃんずっとわたしのこと引きずるだけだもん」

「自意識過剰だよ」

「うるさいなぁ」

空は青い。さきほどの飛行機雲は、風に流されて跡形もない。

「セーちゃんは、動物だとなにが好き？」

「なんだろう」

クジャクは綺麗だけど、あの羽の鮮やかさがすこし恐ろしい。オオカミはかっこいいが寂しいイメージがつきまとう。

「……人間？」

「うわぁ、わざわざ動物園まできてひねくれた回答だなぁ」

「じゃあエイちゃんはなにが好きなの？」

「全部」

「え？」

「だから、全部。どの動物も大好きだよ」

そういいながら、目のまえを気だるそうに往来している一頭の雄ライオンをまじまじと見ている。ひときわ身体の大きいそのライオンは、首周りの鬣(たてがみ)を風になびかせていた。一撃で獲物をしとめてしまいそうな野太い前脚を、ぺろぺろ舌で舐める。檻のなかで、ほかにも何頭かいるライオンたちは各々寝転んだり、木につかまり立ちして爪を研いだりしている。

「そりゃエイちゃんのほうがずるい」

「でしょ。いつだってわたしはずるいの」

ライオンが、いったりきたりを止めて、僕らのまえに立った。

壮観だった。太陽の光に照らされたライオンの姿は、まるで黄金の服でも着ているように輝いて、自信に満ち溢れていた。彼は、観客に埋め尽くされたライブ会場のステージにでも立っているみたいだった。

「セーちゃんと見る景色はね、それが動物でも、ビルでも、茶色い海でも、なんでも好きになれるの。セーちゃんのおかげ」

ちがうよ。それはエイちゃんが優しいからだよ。

「あぁ楽しいなぁ。今日久しぶりに病院からでてわかったよ。わたし動物園でもどこでも、セーちゃんと一緒なら、楽しいんだよなぁ。きっと」

もう涙を我慢できそうにない、そう思った瞬間だった。

物凄いエネルギーが辺りを劈き、身体の芯が震えた。

ライオンが咆哮（ほうこう）している。僕もエイコも息を飲んだ。

低く。短く。何度も咆哮をくり返している。すると他のライオンたちも、呼応するように吠えはじめた。

「……凄いね……」

「あぁ。なんか、うごけない……」

僕たちはいいしれない畏怖のような感情を抱きながら、しばらくの間、二人身を寄せ合ってライオンたちの咆哮を聴いた。


肌寒くなるまえに動物園を引きあげ、僕らはアパートにむかった。これも、もとから決めていたことだった。さすがに疲れたのか、エイコは車中、倒した助手席のシートにもたれて眠っていた。

「着いたよ」

そういって軽く髪を撫でた。夕暮れの光を背景にした彼女の髪は、幻想的だった。そそのなかでひと際輝くものがある。よく見るとそれは、白髪の筋だった。

「あぁ、セーちゃん。どうしたの？」

まだ半分目覚めていないような声。

「着いたよ。起きて」

「……どこに？」

「どこにって」

「ここ……どこだっけ？」

どうしたのだろう。悪い冗談かと思って「なにいってんだよもう」と僕はいったが、エイコは放心したようにきょとんとしている。

「家の近くの駐車場。ほら」

「あ、あぁ！」

突然慌てて、「そっか。そうだった」ととり繕うような笑顔を浮かべる。いま一瞬、自分がどこにいるかわからなかったのか？

これまで抑えていた気持ちがどっと溢れて、僕は急いで運転席の扉を開くと外にでた。

涙がポロポロとこぼれ落ちた。

　エイコのほうに背をむけ、誤魔化すため煙草を吸った。今日一本も吸ってなかったせいで、重い立ちくらみがした。電線のうえから、そんな僕を嘲るようにカラスが鳴いている。もうすぐ終わりがくる。そうだ。だからこそ、こんなところで突っ立っている時間はない。

　夜の八時までにはエイコを病院に連れ帰らないといけない。

　何事もなかったように後部座席から車椅子をとりだすと、エイコを背負ってそのうえに座らせた。


「セーちゃんの匂いだぁ」

　ベッドに寝転んだエイコがはしゃぐ。僕は常温にするためテーブルに置きっ放しにしていた未開封のミネラルウォーターを開けて、吸い飲みに注いだ。

「エイちゃんの匂いだよ。だってここ、もともとエイちゃんの家じゃん」

　エイコはシーツの皺を指先でいじりながら、あ、そっか、という。

「でも、やっぱりセーちゃんの匂いだと思うなぁ」

もしそうだとしたら、長い時間をかけて僕ら二人の生活が絡み合い、双方がお互いのものだと感じるひとつの匂いになったのかもしれない。けれど、僕にはどうしたって、この部屋はエイコの匂いで満ちているとしか思えない。

「どう？　懐かしい？」

「そうだねぇ……」

家は。部屋は。きっと生き物だ。

エイコが入院してから、なんの配置も変えていない。淡い青色をしたカーペットも、リビングの中央に佇む小さなテーブルも、カーテンも、ベッドも、本棚の位置も、なにも変わっていない。変化があるとすれば、エアコンが直っていることぐらいだった。

なのに、エイコがいるだけでこの空間の雰囲気がぐっと変わる。いるべき人が、いるべきところに帰ってきたことを感じ取って、この部屋自体が喜んでいる。僕にはわかる。

「わたしが入院してるからって、寂しくなって他の女の子連れ込んだりしてない？」

「するわけないだろ」

「バイトは？　順調？」

「うん。おかげさまで」

「わたしなにもしてないよ」

「そんなこと、ない」

　本当に、本当にエイちゃんのおかげなんだよ。エイちゃんが生きてくれてるだけで、俺は頑張れるんだから。

　濃い西日がカーテンを透かして、部屋を照らす。

　テーブルも、UFOキャッチャーでとったキャラもののぬいぐるみも、棚に並んだ本やレコードたちもすべて、二人の時間を優しく見守ってくれているような気がする。

「……セーちゃんと……したい……」

「え？」

　顔をむけると、エイコが潤んだ瞳で僕を見ていた。

「だから……。セーちゃんと、エッチしたい」

「で、でも……」

　身体は？　しても大丈夫なのか？　様々な不安がよぎる。

　けれど、西日に赤く染まりながら、まっすぐ僕を見つめるエイコの表情で決心がついた。そんなこと百も承知でエイコはいっているのだ。迷うことなんてひとつもない。

　僕はゆっくりと、エイコのワンピースの裾をたぐった。

　細く、肌のかさついた太腿（ふともも）に唇をつける。

静かな吐息が聞こえる。

砂漠の真ん中で咲いた花に水をやるような気持ちで、丁寧に、丁寧に彼女の肌に舌を這わせる。激痛に耐える日々の連続で、血管の盛りあがった腰まわりを。栄養が摂れず浮きでた肋骨(ろっこつ)を。注射の痕(あと)で黒ずんだ左腕を。丁寧に、舌でなぞっていく。

「エイちゃん。好きだよ」

もっと、いうべきことがあったのかもしれなかった。だが、冷静で、気の利いた言葉なんか無意味だとも思った。

薄紅色をしたエイコの唇に唇を重ねる。

ひんやりとして気持ちいい。

僕の体内で、血がたぎっていく。僕とエイコは、これまで過ごしてきた時間を確かめながら、キスをし合った。それなのに、はじめてエイコとセックスした日にもどったような、神聖な感じがした。

互いが互いのうごきを気づかい、反応し、そして僕は彼女のなかで果てた。激しくうごいていないのに、終わったあと、僕はしばらく全身から力が抜けたようになった。ふたりで毛布にくるまったまま、じっとしていた。

「セーちゃん」

胸のなかで、エイコの声がした。

「ん？」

「わたしのことは気にしないで。ちゃんと幸せになるんだよ」

これまでの僕は、僕がだれにむかってうたうべきかを理解してなかったのだと思う。才能にはいくつもの形がある。その中ですくなくとも僕は、本来こういう姿勢で音楽と相対するべきだったのだ。

有名になるためでもなく、売れるためでもない。ずっとまえから、愛する人にむけて、もっとも近くで応援してくれる人にむけて、歌をうたうべきだった。

「曲、聴いてくれる？」

「え！　やったぁ！」

「お待たせしました」

「ほんとだよ！　いっぱい待ったよ！」

そういいながらも、エイコは嬉しそうだった。

エイコをゆっくり起こして、その裸体を毛布でくるむ。僕は立てかけていたギターを手にとりソファに腰掛けた。エイコを見る。エイコの顔は穏やかだった。それでいて、瞳は光っていた。ふぅっと深く僕は息を吐いた。こんな街中にあるアパートの一室に、静寂なんかはない。けれどその代わり、エイコの息づかいがあり、僕の息づかいがある。外にはたくさんの人が蠢いていて、みんなが思い思いに生きている。

そんな当たり前こそが素晴らしかった、かけがえなかった、という想いを込めて僕はギターの弦を指ではじいた。

不思議な感覚だった。自分でつくった曲をうたっているのに、その歌はずっと前からすでにあって、僕の身体はその一部だったような気がした。歌詞という言葉のひとつひとつを声にすると、エイコとのこれまで楽しかった日々も、喧嘩した時間も、すべてが溶け合いながら僕たちの心の映写機を彩っていく。

曲が終わると、エイコは涙を流して笑っていた。

「ありがとう。セーちゃん」

そういって、僕にとって人生最高の拍手を贈ってくれた。

「この曲、病院でも聴けたらいいのに」

「そういうと思って」

ジャーン、と宅録した曲を入れておいたＵＳＢを渡す。

「うわー！」

本当に、子どもみたいにエイコは喜んだ。どこでも売っているＵＳＢを宝石のように両手に乗せて「セーちゃんって天才だよ」といった。

そうして僕らは時間がくるぎりぎりまで、ベッドで肩を寄せ合った。

僕の手を指でそっとなぞりながら、エイコが「あぁ。やっぱりわたし、もうちょっと生きたいなぁ」とつぶやいた。

11

一ヶ月後。エイコは死んだ。

まるで眠るように、安らかに死んでいった。そういえたら切ないラブソングにでもなったかもしれない。でも実際は土砂降りの雨の日、痛みにのたうちまわりながら死んでいった。心電図の波が、水平線のようになったとき、頑張ったね、やっと死ねたね。そう思ったほどに、エイコは苦しんで死んだ。

エイコの父親から頼まれ、葬式で出棺まえの挨拶をすることになった。エイコが、生前頼んでいたらしい。

僕は色々と考えた。

なにを話すべきか。

彼女と過ごした時間。彼女がいかに素敵で、美しく、優しい人だったか。だけど、そんなことを言葉だけで語るのは難しく、僕はエイコの父親にある提案をした。

遺影を抱えたエイコの父親が先頭に立って、式場をでた。

これもエイコたっての願いで、式場は僕らが住んでいたアパートだった。狭かったけれども、いれ替わり立ち替わり、たくさんの人が来てくれた。そのほとんどが僕のしらない人たちだった。いかに僕が、エイコのある一面としかむき合ってなかったのかがわかる。エイコの亡骸(なきがら)を納めた棺(ひつぎ)を持った人々のなかで、僕がしっているのはツノダと坂口さんだけだった。

風が、強く吹いていた。

金木犀は枝をゆらして手を振っているようだった。

「きっとエイコはこれが一番、喜んでくれると思います」

たどたどしく前置きを述べて、僕はあの日、僕たちの家で彼女に聴いてもらった歌をうたった。マイクなどあるはずもなかったが、空まで響くように全力で声をだした。

最後までうたい終わると、申し訳程度の拍手がパラパラと鳴った。

こんな僕には、ちょうどいい拍手だった。代わりに、エイコの父親とツノダ、そして坂口さんが鼻水を垂らして泣いてくれていた。エイコにとって、これが深く感じる曲になっていたらいいなと思った。

火葬場で燃え残ったエイコの骨を、ひと欠片食べた。それははじめとても苦く、噛み切れずに口のなかで転がしていると、次第にうっすらと甘くなっていった。

エイコが仕事のときに使っていたバッグのなかから、書きかけの小説がでてきた。いまどき手書きで、何箇所もボールペンで文章が塗りつぶされている。バイトが休みの日に、ながい時間をかけて読んだ。それはエイコと僕の物語だった。読み終わったあと、彼女の文字を、文章を、指でなぞりながら安心していた。僕のなかでの彼女の物語と、彼女のなかでの僕の物語は同じだったから。

エイコが死んで、何度も何度も巡った二人の記憶が、彼女の文章とぴったり重なり、身体中がほのかな温(ぬく)みに満たされた。

＊

緑色の景色に、赤茶けた一本道が続いている。この道がどこにつながっているのかを、僕はまだしらない。けれど歩いている限り、次第にわかることだった。

滴る額の汗をぬぐう。水筒に入った冷たいジャスミンティーで喉を潤す。今朝発ったゲストハウスで、イスラエル人のツーリストが淹れてくれた。宿の主人から氷をもらい、水筒できんきんに冷やしておいたのだ。茶葉の甘い香りに、身体中が洗われるようだった。

青く聳えたアルプス山脈を仰ぐ。

目をつむれば、澄んだ光が瞼の裏で点滅し、こぼれる。

もう三時間ほど人の姿を見ていない。

なにを目指す旅でもなかった。二浪もして入った大学を結局は中退し、就職するでもなく、世界を放浪している。あいつから【なんか見つかったかよ？】と、一時期ほぼ毎日のように来ていたメッセージが懐かしい。いまなら、なんと答えるだろう。そうだ。いつかなんの気なしにまぎれ込んだ田舎の教会での光景をいうといいかもしれない。地元の人々が、修繕もままならない小さな教会で、一生懸命に讃美歌をうたっていた。あれは、荘厳だった。司祭の弾くパイプオルガンに合わせて、子どもから老人まで、一心にうたっていた。パリやそこらの都会にある、観光者のためのミサとはまったくちがった。僕自身、なにかの宗教を信じられるような純真を持ち合わせてないけれど、あれはまさに、信仰そのものだったと思う。

もしかすると僕は、そんな瞬間を探しているのかもしれない。そしてそれは、なにも海外だけでなく、日本のそこかしこに溢れている。

ひねくれたあいつはいうだろう。じゃあなんで、旅を続けるのか。僕はこういう。おまえが歌をうたうように、僕も旅をしてるんや、と。

だから僕は、僕がなにを見つけるのかもしらない。しばらくの間は、この名もないような道を歩き続けることになるだろう。果てなどない。

すくなくとも、僕が立ち止まるまでは。

いつだったたか、あいつとふたりで吐くまで飲んだ日があった。

どちらもとっくに目が据わっていて、視界がぐらついていた。

すれちがう人々の声も、街の灯りもあやふやになって、遠くの景色を覗いているような感じがした。

僕はふと、あいつの口の周りが血のようなものでべったりと染まっているのに気づいた。あのときのあいつは、エイコが死んで傷だらけになっていた。僕だって、あいつほどでなくとも深い傷を負っていた。おまえ、死ぬんか。そういうと「馬鹿いえ。唾吐いてみろよ」と、あいつがだらしなく笑う。

いわれるがまま唾を吐くと、地べたがあいつの口の周りと同じ、血の色に染まった。なんのことはない。さっきの店で痛飲した赤玉ポートワインだった。

揃って路地に逃げた。煤けた壁に手をついて、胃の奥からこみあげる灼けつくようなものをボトボトと側溝にだした。

僕は涙目になりながら、なんとなく訊きづらかったことを酔いに任せて口にした。

「エイコの葬式でうたったのって、なんて曲やったん？」

あいつは照れくさそうに「さよならですべて歌える」というと、真っ赤に染まった歯を見せて、笑った。そろそろ日本では、武道館でのライブが始まる時間だろうか。

12

日々が、小川を流れる澄んだ水のようにそばを過ぎていく。

僕はでるはずもないエイコの番号に、夜な夜な電話をかけるようになった。一度、酔っ払ってかけた電話がまだ通じたのだ。きっとエイコの父親が、いまも電話料金を払い続けているのだろう。

エイコの名前を検索し、通話ボタンを押す。

何コール目かわからないが、しばらくすると「メッセージを録音してください」という無機質な声が聞こえてくる。僕は、彼女が生きていた頃よりずっと多い頻度で、死んでしまった彼女に電話をかけ、メッセージを残していく。

「今日、坂口さんに怒られた。ちゃんと気合いいれろとかじゃないんだよ、もっと力抜いて仕事しろってさ。変な人だよね。俺は元気です」

「妙な猫を見かけた。下北のほうの家にエアコン直しにいっている途中で、道端のベンチの背もたれんとこに前脚かけて、空見てんだよ。空。猫も空とか見あげて、なんかほっとすんのかな？　おっさんみたいな猫だったなぁ。エイちゃん、犬派ってより猫派だったじゃん？　俺、ああいう猫なら飼ってもいいかなって、思った」

「休みの日って、なにしていいかわかんないなぁ。あんなに毎日休みみたいな感じだったくせにウケるよね。ちゃんと曲はつくってる」

「なんか凄い新人現れた。レーベルとか、そういうのに興味ないらしくて、自分たちの曲を全部 YouTube にアップして、それだけでかなり話題になってる。実際曲もいいんだよね。メジャーとかどうでもいいんだって。エイちゃんも聴いたら好きだと思う」

「久しぶりにツノダと飲んだよ。やっぱあいつ馬鹿だね。酔ってさ、店んなかで裸になって踊って周りめっちゃ引いてたわ。あんな馬鹿のまんま生きれたら楽だな」

「今年も家のまえで金木犀が咲いたんだ。エイちゃんいないと、あの匂いもなんかうっとおしい。不思議だね」

「坂口さんから、正社員にならないかって誘われた。まぁ給料はあがるっぽいけど、なんか、迷ってんだ。嬉しいことだし、こんな俺にとってありがたいことなんだろうけど、なんか迷ってんだよ。エイちゃんどう思う？」

「気づいた。いろんな運命について。ほら、俺んちってさ、父親がずっと母親を殴ったりしてて、そんときにたまたま斉藤ハルオの歌聴いて、あの人がフェスで女といなくなって、母さんと二人で暮らして、そういう自分がすっげぇ不幸だと思ってたんだよ。でも考えたら俺、そんなことでもなかったら音楽やろうって思ってなかったし、東京にもでてきてなかったかもだし、そしたら、エイちゃんにも出会えてなかった可能性があるんだよね。あんなクソみたいな父親だったけど、それはそれでよかったって思った。俺にとってそれだけであの人の存在理由になった。エイちゃんのおかげだ。ありがとう」

「『この痛みに名前をつけてよ』って曲のタイトル、どう思う？　くさすぎ？　エイちゃんけっこう好きな気もするんだよね。ってか、なんで俺、歌なんてつくってんだろうなぁ。エイちゃん、もういないのに」

瞼を開くと、どこまでも走っていけそうなテンションが身体に満ちていた。汗が背中を濡らしていた。ティーシャツが肌にへばりついている。

天井を小さな蜘蛛が這っているのが見えた。蜘蛛は、その八つの瞳で敏感に僕を感じているのか、じっとして、うごかない。

夢でエイコの姿を見ていたような気がするし、そのあとなぜか幼い自分が、両親と三人で釣りをしていたイメージも残像としてある。夢にも一部と二部があるのだろうか。いま自分は、第何部を生きているのだろうか。

意識と、身のまわりの輪郭がはっきりしてくるにつれて、全身の皮膚までみなぎっていた躁(そう)のようなエネルギーがしぼんでいった。

そろそろ起きないとバイトに間に合わなかったが、どうも憂鬱で、坂口さんに体調が悪いと電話で嘘をつき休んだ。坂口さんのところで働きはじめて、仮病なんか使ったこともなかった。罪の意識がうずきながら、すらすらと口からは嘘が流れた。軽い咳も。

電話を切って、はは、とひとり笑った。

エイコに怒られるだろうな。いや。怒ってほしいな。

寝転んだまま、数日まえにコンビニで買ったりんごジュースの一〇〇〇ミリリットルパックを飲んだり、テレビで午後のワイドショーを眺めたりしていると、夕日が窓の外から部屋を浸しはじめていた。俺は今日なにしてたんだろう。そう自問してでた答えは、起きた、ということだけだった。

腹が減っていた。

なにか食べにいこう。腹に入ればなんでもいい。

財布をズボンの尻ポケットに突っ込んで外にでると、まるでいま自分がタイムマシンからでてきたような感じがした。街を歩く人は、ほとんどがくたびれて見えたけれど、僕にはそれがまぶしかった。

いま頃、坂口さんは経堂（きょうどう）にある赤堤（あかつつみ）の家で六十五Ｖ型のテレビを設置しているだろう。あそこの金持ちは、新製品がでるたびに家電を買い換える物好きな男だった。坂口さんからすればお得意の客で、先週バイトの終わりぎわ、おまえが手伝ってくれるようになってあの家にいくのが楽になった、といわれた。音楽をやりながらでいいから、社員として働かないかと誘ってくれた。

なのに僕は、仮病をつかってバイトを休んだ。そのせいでいま坂口さんは息をあげながら、ひとりせっせと六十五Ｖ型のテレビを設置しているだろう。

街の真ん中で、エメラルド色に濁った川にかかる橋を渡っていく。どの飲食店もランチタイムなどとっくに終わり、夜の本営業にむけて準備にとりかかっている。パチンコ店のまえで、ポケットティッシュと一緒に飴玉をもらった。すこし懐かしかった。すっかり住み慣れてしまったはずの街を、無軌道にさまよっていて決めた。

明日、坂口さんに正社員として働かせてくださいといおう。こんな僕に、声をかけてくれるだけでめっけもんじゃないか。

そうだ。

そうすべきだ。

それで、それで……もう、音楽をやめよう。そうだ。それがきっと正しい。お母さんにも迷惑かけっぱなしだった。たくさん恩返ししないといけない。エイコにしてやれなかったことを、これから出会う人、すでに出会っているすべての人にする。後悔のない日々。そうだ。

僕には音楽の才能がなかった。

歌を一番聴いてほしかった人も、もういない。

近所をぐるっと一周し、結局僕が立っていたのは、エイコとの記憶が詰まったファミレスの、大きな窓ガラスのまえだった。

切らしたシャンプーを買いにいったあの日が。ほんの半年ほどまえでしかない自分が。エイコが。はるか遠くに思えた。たしかなことは、それが半年まえだろうが、三ヶ月まえだろうが、昨日だろうが百年まえだろうが、一秒まえだって、僕らは過去にもどれないということ。

わかりきったことだった。なのに、視界がゆがんでいた。しばらく突っ立ったままうごけないでいると、目を疑った。

窓ガラスのむこうで、エイコと僕が楽しそうに食事をしている。

声なんて聞こえるはずもないのに、僕は何度も話した斉藤ハルオと七歳のときに出会った思い出について語り、エイコはちょっとまえに賞を獲った新人作家の小説がすごいといって興奮している。

本当に幸せそうに、満ち足りた表情で、エイコと僕はむかい合っている。

相変わらず彼女は仕事が大変そうだけれど、僕は僕でついにレコード会社から声がかかり、すこしずつ目標にむかって進みはじめる。ライブにきていたモデルの子から飲みに誘われたが、エイコの顔がよぎって断った。エアコンが壊れたので即日業者に電話した。すぐ直った。

たまに喧嘩もするが、エイコと一緒にいる毎日は楽しい。けれど、いつもそういいことばかり起こるはずもなく、エイコが倒れたという連絡がくる。全部の予定をキャンセルして病院に急行すると、貧血だったことがわかり翌日には退院。それでも人の一生の危うさと、エイコがいなくなってしまったらという不安でいっぱいになった僕は、勢いでプロポーズする。「ありがとう……」声を詰まらせながら喜ぶ彼女にキスをした。ふたりの永遠を誓うキスだ。僕も感動のあまり泣いてしまって、エイコにからかわれる。

一年後には子どもができる。夜泣きに悩まされながらも、僕らの生き甲斐にわが子の成長が加わった。お母さんも孫の顔を見られて満足そうだ。急にあのクソ親父も新潟に帰ってきて、あまり気乗りしなかったが子どもに会わせると両手で拝みながら泣いていた。なぜかツノダが誰よりも喜んでいる。

全国でのライブツアーの合間、代官山にマンションを買って引っ越していた僕らは、数年ぶりにこの街を訪れる。「ここに住んでたんだね」とか「まだあのきったない中華屋やってんだ」といい合いながら歩いていると、ファミレスを見つけるのだ。「ここはね、パパとママが一緒に住みはじめた頃によくデートしてた場所なんだよ」「あのときは金なかったからファミレスでも贅沢だったよな」「そうだね。でも、楽しかったよね」。そうして、エイコは子どもにむかって優しくさとす。「きっと、あなたにもこれから楽しいことがたくさんあるよ。辛いことも同じくらいか、もっとたくさんあるかもしれないけど、いつか素敵な人と出会って、一緒になって生きていくの。それって、とってても幸せなことなんだよ。かけがえのない、幸せなことなんだよ」

太腿を揺すられて、我に返った。

視線を落とすと、どこかで見たような気のする女の子が「盗られちゃうよぉ」といって、尻ポケットに仕舞っていたはずの財布を差しだしている。

「おじさん泣いてるのぉ?」

その子が、僕の顔を見て、首をかしげる。

「泣いてないよ」

「えぇ？　それって、泣いてるっていうんだよ？」

「そっか。俺って、いま泣いてたのかな」

しゃがんで、女の子から財布を受けとった。

「ありがとね。これ、大切な人からもらった物なんだ」

そういって僕は、髪をふたつに結った頭にポンと手を乗せた。女の子の笑顔が輝いた。心から美しいと感じる笑顔だった。ふと、エイコの堕ろした子が生まれていたら、この子くらいになっていたろうと思った。

「一個あげる！」

そういって、彼女はカエルの形をしたポシェットから、水色の小さな球をだした。僕も幼い頃に持っていた、懐かしいスーパーボール。

「いいの？」

「うん！　わたしまだ一個持ってるから」

ニシシ、と自慢げに笑って、女の子はもうひとつの、半透明のなかで金や銀の細かなラメが光る球を手のうえで転がした。

「じゃあね。わたし、もう帰らないとママに怒られちゃうの」

女の子が、どこか大人びた口調でいうのがおかしかった。なにかお礼をと思い、ポケットにはいっていた飴をあげた。虹色の、どこにでもある飴玉。

「ありがと！」

ぴゅーっと走って、女の子はすぐそばの横断歩道を渡っていく。

その小さな背中を見送ってもう一度振り返ると、窓ガラスのむこうにはいつもの日常が広がっていた。自分と同い歳くらいの男女がむかい合ってスマートフォンを操作し、その隣で受験生がAirPodsで音楽を聴きながらノートにペンを走らせ、老人がウエイターに対して大げさな身振りでなぜか激昂(げっこう)している。

「腹減ってたんだ」

そう、ひとりごちた。

コンビニで弁当を買って帰ろうと思い、ポケットに女の子からもらったスーパーボールをいれて歩きだそうとした瞬間だった。きゃあっ！　と、だれかの悲鳴があたりに響いた。さっきの女の子が、車道に飛びだしている。

彼女の視線の先には、あの、半透明で懐かしい色をした球が放物線を描き、アスファルトのうえをバウンドしている。

僕は、走りだしていた。目覚めたときの、躁のテンションが蘇ったようだった。女の子の姿が見えないのか、車体の高い大型トラックは減速することもなく迫っている。

　すべてが、スローモーションのなかでうごいていた。女の子がスーパーボールをキャッチすると、僕にむかって満足げな顔をむける。彼女の背景として、いまさら気づいたトラックの運転手が血相を変えたのが見える。空気を切り裂くブレーキ音。氷上を滑るように近づいてくる鉄の塊。女の子の円らな瞳に、ようやく恐怖の色が溢れる。

　そんな顔すんなよ。

　脹ら脛に力を込めて、足裏で世界を蹴った。小さな身体に、もうちょっとで、僕の手が届く。女の子が目を見開いた。その瞳に、僕の姿が映っている。

　君には笑顔が似合ってる。だから笑って。大丈夫。笑って。

　掌には、たしかに女の子を突き飛ばした感触があった。それで僕は安心して、本当に安心して、突然一面を茜色の空が満たした。

　ああ。夕焼けってこんな綺麗だったっけ。久しぶりに、エイちゃんに会いたいなぁ。

　そこには光があった。

　やっとそれを、つかめそうな気がする。

＊

最高だった。

ライブ会場は熱気に包まれて、だれもが汗だくだった。もちろん僕も。演奏中、ずっとステージにむかって挙げていた右腕はすでに感覚がなくなっている。それでも、挙げずにはいられなかった。握っていたこぶしを開いてみる。掌の先で、光に満ちたハルオがギターをかき鳴らす。彼の音楽にはもの凄いパワーがあった。武道館という、日本最高峰のライブ会場にひしめく聴衆全員、ハルオの奏でる音色と歌声によってひとつの巨大なエネルギーとなっていた。左腕で、どばどばと吹きだす汗を拭う。

「オタヤ。俺ら、マジで幸せもんだよな」

そういった大学で一緒にバンドをやっているマツシタは、隣で感極まって泣いている。僕はうなずいて「ササキも来れたらよかったな」と笑った。ササキもバンドメンバーだが、僕が奇跡的に当てたライブチケットの残り一枚を賭けてマツシタとジャンケンした結果負けたのだった。そういえば、あのときもマツシタは嬉し泣きしていた。

ハルオの曲に出会ったのはいつだったろうか。僕が音楽に目覚めたのが中一の冬。片想いしていた女子にストーカーだと勘違いされてからで、すでにそのときは日本を代表するミュージシャンだった。バンドを解散し、ソロでの活動がはじまってからは、曲をリリースするごとに新しい音楽を模索してきた。そのどれもに僕は痺れた。この数年、アメリカに拠点を移して活動しているため、日本でのライブは久しぶりだ。

残すところ一曲。この幸福な時間がもっともっと続いて欲しい。そう願って、僕もマツシタも、いやステージを仰ぎ見るすべてが固唾を呑む。

今回、珍しく事前にセットリストが公式発表されていた。その最後に記されていたタイトルは、これまでハルオが発表してきたどの曲でもなかった。新曲か。未発表曲か。と、ファン中が色めき立ったが、いずれもちがった。セットリスト発表の翌週、音楽雑誌に掲載された記事で、その曲は彼自身のものではないことと、つくったアーティストの名前が明らかにされた。しかし、そのアーティストの名前をしっている人間はほとんどいなかったはずだ。なんで彼が、無名のアーティストのつくった曲をうたうのか。これについての記載はなく、いまこの瞬間まで謎のままだった。

「はるおぉぉ！」

だれかが叫んだ。それが合図になって、

「はるおぉぉ！」という声が会場中に伝播していく。

僕も、全力で叫んだ。ステージのうえで、全身から湯気を放ちながらも気だるそうな顔で、ハルオは水を飲んでいる。その一挙手一投足が格好よくて、僕たちは喉が擦り切れそうになりながら、叫び続ける。

「なんかさ」

飲み干したペットボトルを置いて彼はいった。

友だちにでも話しかけるような口調だった。

「これからうたう曲ね。いきなりUSBで送られてきたのよ。手紙つきでね」

ハルオの声が響いた途端、会場は静まり返った。

「女の子からの手紙でさ。綺麗な字だったからつい最後まで読んじゃって。あ。ちなみに俺手紙なんて普段読まないから送ってこないでね」

そういうと、客席の方々から笑い声があがる。ダダン。と彼の話のリズムをつくるように、ドラムスが短く鳴った。

「でさ。これからうたう曲ね。その手紙をくれた女の子がつくったわけじゃないのね。彼氏がつくったんだって。なんやそれって思ったんだけど、俺さ。むかし会ったことあったんだよ。その彼氏ってやつと」

マツシタが「なんの話してんの?」と訊いてくる。僕だってしるはずもないから、

「いいから黙ってろよ」というしかない。つまり、このライブの最後を飾る曲は、ハルオの旧友がつくったということか？

「いや。正直その手紙を読むまで忘れてたよ。なんせそいつと会ったのなんて一回きりだったし。まだ俺がクソみたいなバンドやってるときだったからね。でも——」

そこまでいって、彼がふっと笑った。今度は客席にどよめきが生まれた。僕だってちょっと驚く。プレミアすぎる彼のライブにきたのははじめてだったけれど、彼はいつも気だるそうな顔で、笑うことなど滅多にないというのはファンの間では常識だった。

「ごめんごめん。なんかそんときのこと思いだしちゃって」

客席の動揺など気にせず、ハルオはまだ笑っている。

「なんの話かみんなにわかるはずもないけど、その彼氏ってやつが山んなかで会ったあのくそガキかって思ったら懐かしくなってね。そいつの名前もしらなかったくせに」

ストラップを肩にかけ、ハルオはアコースティックギターを抱えた。はじまる。もうすぐラストソングがはじまる。

「長々話しちゃったけど、そういうの全部ただのきっかけでさ。ていうかわざわざ聴くの面倒だったけど……。聴いたら、単純に好きになっちゃったのよ。だからね、彼女のためでも、そのガキのためでもなくて。この曲を歌いたいから、俺はここで歌うんだ。

今日はみんな、どうもありがとう」

ハルオは一瞬、遠くを見るような目をしてなにかつぶやいた。けれど、その声をマイクが拾うことはなかった。だから彼がそのときなんといったのかは、彼以外にはわからない。

「じゃあ、最後に弾くよ」そう聞こえた。

それで、汗まみれの僕は。僕たちは。もう一度掌を握りしめ、光り輝くステージにむかって歓声をあげる。彼はマイクスタンドのホルダーから、ピックを右手で一枚引き抜く。彼は、左手でギターのネックを愛おしそうにさする。

ハルオは目をつむって深く息を吐く。

そして、いった。

「さよならですべて歌える」

*

そらだった。青い色の空。

ぼくはきょう、七さいのたん生日プレゼントに買ってもらったギターをもって、ママとパパには内しょで家のちかくの公えんにきた。ギターはおもかったけど風が気もちよかった。すべり台のおわりのところにすわってひいてみた。なった音は、なんだか気もちわるかった。

ずっとパパにおねがいしてやっと買ってもらえた。そのためにママの手つだいもがんばったし、べんきょうもした。テストでクラスの三ばん目になって、やっと買ってもらったぼくのからだとおなじくらいのギター。

それなのに、なんでいい音がでないんだろう。ぼくはかなしくなった。ママにもうお兄ちゃんなんだから、外であんまりなくとはずかしいよといわれてるのに、なみだが出てくる。

「なに泣いてんだよ」

いつのまにか、目のまえにしらないお兄さんが立っていた。

ママから、しらない人としゃべったらダメよといわれているから、ぼくはだまってその人を見てた。

「貸してみ」

そういって、お兄さんはぼくからギターをとった。だから、もっとかなしくなった。もっとなみだが出た。どろぼうだと思った。なのに。

じめんにすわって、お兄さんがひいたギターの音はとってもきれいで、すぐになみだはひっこんだ。からだのまん中がぽかぽかする。ぼくもこのお兄さんみたいにきれいな音を出せるようになりたいと思った。

「お兄さん。もしかしてミュージシャンなの？」

ぼくがきくと、公えんの入り口からおじさんが、

「セーイチっ。なにさぼってんの、そろそろ次の家にいくよ！」とお兄さんに大きな声でおこったみたいにいった。

「やっべ」とお兄さんはあわてて立った。

ぼくにギターをかえしながら、

「さっきのメロディ覚えとけよ。この曲ができたら、おまえの嫌なことも辛いことも吹っ飛ばしてやるから」

そう、にいっとわらってお兄さんは走っていった。

解　説

藤井道人

橋爪さんと出会ったのは、僕の行きつけのバーだった。

映画監督という特性上、いつも大勢の人間に囲まれて仕事をしている僕にとって一人の時間はとても重要だ。そのバーには一人で行くと決めていて、そこで僕は一人でスマホを片手にメモを打ちながら次回作の構想を練ったり、会社の次の戦略を立てたりしている。

そんなある日（時期は定かではないが）、共通の知人を通して橋爪さんを紹介された。俳優と見間違えるほど端整な顔立ちと、謙虚な姿勢に僕はとても好感を持った。フジテレビでプロデューサーをしている（恐らく）年下のイケメン。その時の僕の認識はその程度のものだった。いつか、今度お仕事ご一緒しましょうね。そんな感じで僕たちは別れた。僕が橋爪駿輝という人間の才気に触れるのはそこからまだまだ先のことである。

僕の近年の映画作品は東京で撮影することが少なく、「ヴィレッジ」という作品を京都で撮影している時のことだった。あるフィルムコミッションの方が「藤井組の撮影が終わったら、すぐに橋爪組が始まるんですよ。橋爪監督が宜しくお伝えくださいと言っていました」

ん？　誰だ、橋爪監督って。色々なヒントを聞いたけれど僕の記憶に橋爪監督という人間は存在しない。と、そんなある日橋爪さんからＬＩＮＥが届いた。「藤井さん、今京都なんですね！」

ん？　まてよ……。あのフジテレビのイケメンの橋爪さん……が監督!?　僕は、慌ててグーグル先生に橋爪駿輝の知りうる限りの情報を教えてもらった。ただ、監督というインフォメーションは出てこない。こちらの領域にまで侵食して来たのか……と、川村元気さんが「百花」を監督したと聞いたときと同じような、モゴモゴとした複雑な感情に苛まれた。そして続けてグーグル先生は橋爪さんが小説家として活動していることも教えてくれた。そして、何本も映像化されている。心拍数が上がる。「年齢は!?」一九九一年生まれの三十歳。かなり年下じゃねえか……。

僕は一度だけ小説を書いたことがあるが、紆余曲折の末、完成には至らなかった。プロデューサーであり、監督も務め、小説家。なんだ、この才能の塊は……。

僕はこれ以上嫉妬してしまわないように、一度橋爪駿輝という名前を記憶の奥底に格納した。そんなある日、橋爪さんから一通のＬＩＮＥが。内容は、新作の小説の解説文を書いてほしいとのことだった。僕は悩んだ。今までは作家・橋爪駿輝の小説に触れないことで、気にしていないふりが出来ていたが、読んでしまったら僕はどうなってしまうのだろう。

嫉妬に狂うのか、それとも、なんという駄作だったのだ！　と醜い安堵をするのか。色々と考えた結果、次世代の作家がこの世界にどのような物語を産み落とすのかという興味が勝り、解説文を書かせていただくことにした。そして数日後、ロケハンで地方に行く機会があり、ゲラのデータを印刷して新幹線で読み始めることにした。

嫉妬か、安堵か。結果はどちらでもなかった。嬉しいという感情が一番上に来た。

橋爪さんのことはまだよく知らない。でも、彼が紡ぐ言葉や、感情は、僕が二十代に描き続け、吠え続けてきたそれと、手法は違っても魂のようなところで沢山の共通点があった。そして、その感情のすべてに心当たりがあった。橋爪さんが僕に解説文を依頼した理由が分かったような気がした。

二十代、結果が出ずにもがき続けた悔しい日々や、自分が社会に属していないという孤独感や、仲間の変化に対する焦りという感情を、僕は「青の帰り道」という映画に閉じ込めた。

また、人を愛するということ、人に生かされるということ、そして、そのすべてが特別なことであるということを「余命10年」という作品に閉じ込めた。

『さよならですべて歌える』の中には、セーイチを基軸として沢山の悔しいが詰め込まれていた。

僕は、人の「悔しい」という感情が人間臭くて好きだ。何者かになりたくて、認められたくて、でも自分が一番理解している、言葉にしたら負けてしまいそうな、そんな感情の総称を「悔しい」と呼ぶのではないだろうか。橋爪さんは、本作の中でそのすべての「悔しい」を記号的に使わず、人間を通して繊細に描ききった。

そして、この作品にはタイトル通り、沢山の「さよなら」が描かれている。人生は喪失の連続であり、その喪失があるからこそ、人はまた前に進むことが出来る。僕が映画のモチーフによく使う「喪失と再生」が本作の中には余すことなく描かれていた。

僕は、ヤマグチとホシノの立ち位置が好きだった。ずっと一緒にやってきた仲間ではあるけれど、プロのミュージシャンになるという途方もない夢、賞味期限におびえながら、メジャーデビューという宝くじに自分たちだけでも当たることをどこかで期待している。

最初は皆そうであったと思う。年月が経つにつれて、周りの同級生たちと自分の間に、とても大きな溝が出来ていることを知り、そして夢という名の呪いにかけられた自分を見て見ぬふりをする。

最終的に、二人はその呪縛から解放されたのだなと僕は思った。そしてお互いが大人になったとき、そしてすべてのさよならが終わったときに、ヤマグチとホシノの美容室での会話がなんとも言えない読後感を生んでくれる。

『さよならですべて歌える』は、若者のすべてが入っている作品であると思う。

いつか、脚本監督・橋爪駿輝で本作品を映画として見られる日が来るのだろうか。

その時は、ライバルとして、そして同志としてスクリーンに映し出される「さよなら」を見守りたいと思う。

（ふじい・みちひと　映画監督・脚本家）

本書は、新潮社「yom yom」二〇一九年八月号〜二〇一九年十二月号
に連載されたものを大幅加筆・修正したオリジナル文庫です。

集英社文庫 目録（日本文学）

集英社文庫　目録（日本文学）

はた万次郎	ウッシーとの日々 3
はた万次郎	ウッシーとの日々 4
花井良智	美しい隣人
花井良智	はやぶさ 遥かなる帰還
花村萬月	ゴッド・ブレイス物語
花村萬月	渋谷ルシファー
花村萬月	風転(上)(中)(下)
花村萬月	虹列車・雛列車
花村萬月	錏娥哢奼(あがるた)(上)(下)
花村萬月	日蝕えつきる
花村萬月	花折
花村萬月	GA・SHIN! 我・神
花家圭太郎	八丁堀春秋
花家圭太郎	日暮れひぐらし 八丁堀春秋
帚木蓬生	エンブリオ(上)(下)
帚木蓬生	インターセックス
帚木蓬生	賞の柩
帚木蓬生	薔薇窓の闇(上)(下)
帚木蓬生	十二年目の映像
帚木蓬生	天に星 地に花(上)(下)
帚木蓬生	安楽病棟
帚木蓬生	やめられない ギャンブル地獄からの生還
帚木蓬生	ソルハ
浜田敬子	働く女子と罪悪感 「こうあるべき」から離れたら、もっと仕事は楽しくなる
濱野ちひろ	聖なるズー
浜辺祐一	こちら救命センター 病棟こぼれ話
浜辺祐一	救命センターからの手紙 ドクター・ファイルから
浜辺祐一	救命センター当直日誌
浜辺祐一	救命センター部長ファイル
浜辺祐一	救命センター「カルテの真実」
葉室麟	冬姫
葉室麟	緋の天空
葉室麟	蝶のゆくへ
早坂茂三	政治家 田中角栄
早坂茂三	オヤジの知恵
早坂茂三	田中角栄回想録
林修	受験必要論 人生の基礎は受験で作り得る
林望	リンボウ先生の閑雅なる休日
林真理子	ファニーフェイスの死
林真理子	トーキョー国盗り物語
林真理子	東京デザート物語
林真理子	葡萄物語
林真理子	死ぬほど好き
林真理子	白蓮れんれん
林真理子	年下の女友だち
林真理子	グラビアの夜
林真理子	失恋カレンダー
林真理子	本を読む女

集英社文庫　目録（日本文学）

集英社文庫

さよならですべて歌える

2022年11月25日　第1刷　　定価はカバーに表示してあります。

著　者　橋爪駿輝
発行者　樋口尚也
発行所　株式会社　集英社
東京都千代田区一ツ橋2-5-10　〒101-8050
電話　【編集部】03-3230-6095
【読者係】03-3230-6080
【販売部】03-3230-6393（書店専用）

印　刷　大日本印刷株式会社
製　本　大日本印刷株式会社

フォーマットデザイン　アリヤマデザインストア　　マークデザイン　居山浩二

ISBN978-4-08-744458-2 C0193